Klaus Huhn

Udo L.: Endgültig hinterm Horizont

spotless erscheint im Verlag Das Neue Berlin
Redaktion: Frank Schumann

Bezug im Abonnement: 12 Ausgaben im Jahr
Jahresabonnement Inland 59,50 Euro
Europa 74,50 Euro, Welt 84,50 Euro
Einzelausgabe: 5,95 Euro

ISBN 978-3-360-02055-0

© 2012 spotless im Verlag Das Neue Berlin, Berlin
Umschlaggestaltung/Satz: edition ost
Cover-Foto © Robert Allertz: Berlin, Potsdamer Platz
Druck und Bindung: CPI Moravia Books GmbH

Ein Verlagsverzeichnis schicken wir Ihnen gern:
Das Neue Berlin Verlagsgesellschaft mbH
Neue Grünstr. 18, 10179 Berlin
Fax 01805/35 35 42
Tel. 01805/30 99 99 (0,14 Euro/Min., Mobil max. 0,42 Euro/Min.)

Die Bücher von spotless und des Verlages Das Neue Berlin
erscheinen in der Eulenspiegel Verlagsgruppe.

www.edition-ost.de

Inhalt

Juristische Einführung	5
Bei Engels vor der Tür	6
Die *Spiegel*-Variante	9
Wovon wirklich die Rede war	12
Politisierte Schule	14
Die Person an sich	18
Udo nun auch als Staatsbürgerkundelehrer	20
Musical-Politschulung mit Udo	22
In Moskau von Udo geschwängert	26
Wie es zur »Tapetenmark« kam	29
Die ersten Aufgaben	32
Informationen über drei Millionen DDR-Bürger	36
Biermann an die Front	39
Und die Schüler?	43
Verhältnis mit *Bild*	48
Wie umschreibt man »vögeln«?	50
Überraschung bei einem Lehrer	54
Weiter: Blanke Wahrheit	61
Wie es wirklich war	66
Schon 1958 der erste »Leitfaden«	69
Stimmen vor der Mauer	74
Eines Verlegers Entdeckungen	78
Angekommen bei Wulff	81
Noch einmal Honecker	86
Nachtrag zu einer Biografie	88
Was singen wir zum Schluss?	94

Bei der Pressekonferenz gestern Nachmittag gestand Udo Lindenberg:
»Das Stück treibt mir total Pipi in die Augen.«

Bild am 14. Januar 2011
(»*Bild* erklärt, wieso es ein Musical der Superlative ist«)

Juristische Einführung

Bevor ich das erste Buch-Wort niederschrieb, blätterte ich im Strafgesetzbuch bis zur Seite 101, wo im vierzehnten Abschnitt der § 187a lautet:

»Üble Nachrede und Verleumdung gegen Personen des politischen Lebens.

(1) Wird gegen eine im politischen Leben des Volkes stehende Person öffentlich, in einer Versammlung oder durch Verbreiten von Schriften (§ 11 Abs. 3) eine üble Nachrede (§ 186) aus Beweggründen begangen, die mit der Stellung des Beleidigten im öffentlichen Leben zusammenhängen, und ist die Tat geeignet, sein öffentliches Wirken erheblich zu erschweren, so ist die Strafe Freiheitsstrafe von drei Monaten bis zu fünf Jahren.

(2) Eine Verleumdung (§ 187) wird unter den gleichen Voraussetzungen mit Freiheitsstrafe von sechs Monaten bis zu fünf Jahren bestraft.«

Ich hängte diesen Text, extrem vergrößert, über meinen Schreibtisch und schwor mir, ihn nie aus den Augen geraten zu lassen. Schon, um dem Verlag jeden Ärger zu ersparen, was umso wichtiger war, weil ein uns befreundeter Verlag just das Buch *Udo Lindenberg im Osten* auf den Markt gebracht hatte und auch nicht verärgert werden darf.

Dann begann ich.

Womit?

Mit der Entschuldigung beim Leser, dass ich ihn einleitend mit diesem Geschwafel behelligt hatte.

Bei Engels vor der Tür

Zum mich bewegenden Sachverhalt: Er hat seinen Ursprung im Titelbild eines »Lehrerlehrbuchs«, das den auf den ersten Blick – wenn man nicht ein Udo-L.-Fan ist und alle Titel im Kopf hat – unverständlichen Titel »Hinterm Horizont« trägt und zwei allseits bekannte Personen zeigt, fotografiert 1987: rechts Erich Honecker, links Udo L. Beide vor dem Friedrich-Engels-Haus in Wuppertal (BRD), wo man Honecker korrekt als »Vorsitzenden des Staatsrates der DDR« begrüßt hatte. Der Liedermacher, Sänger, Spaßmacher mit einer Gitarre in der Hand, die er Honecker offensichtlich überreichen wollte.

Um hier jedem Prozess-Risiko aus dem Wege zu gehen, verzichte ich auf eine eigene Beschreibung des weiteren Sachverhalts und zitiere den »Hintergrund« dieses Fotos aus der *Frankfurter Rundschau* vom 10. September 1987: »Bei den offiziellen Empfängen in Bonn und Saarbrücken hatte Udo noch draußen vor der Tür bleiben müssen, obwohl Waltraut Schoppe von den Grünen und Oskar Lafontaine von der SPD durchaus geneigt gewesen waren, eine Begegnung des Rocksängers Lindenberg mit dem von ihm herzlich angesungenen ›Oberindianer Honey‹ zu ermöglichen.

Auch Johannes Rau konnte sich nicht dazu durchringen, sein im westfälischen Gronau geborenes Landeskind zu westfälischem Knochenschinken und rheinischem Sauerbraten einzuladen – wohl in der Sorge, Udo Lindenberg könne dem ehemaligen Bundeskanzler Helmut Schmidt beim festlichen Mittagessen im Schloss Benrath die publizistische Schau stehlen.

Aber seinen großen Auftritt bekam Udo mit amüsierter Zustimmung des DDR-Staatsratsvorsitzenden am Mittwochnachmittag doch noch. Ehe Honecker nach einer kurzen Visite im Wuppertaler Engelshaus wieder in den Hubschrauber kletterte, um weiter nach Essen zu seinem zweiten Gespräch mit westdeutschen Wirtschaftsführern zu fliegen, hatte das Protokoll eine kurze Begegnung zwischen Honecker und Lindenberg arrangiert. Das DDR-Protokoll hatte zwar den ganzen Rummel um den Rockstar nicht begreifen können. Meinte doch ein DDR-Offizieller, dass es bei dem Besuch des Staatsratsvorsitzenden ›auf das Wesentliche ankommt und nicht auf Schwachköpfe‹.

Doch Honecker selbst machte dann gute Miene, als Lindenberg in letzter Minute, von einer Polizeipatrouille eskortiert, auf dem roten Teppich vor dem Engelshaus erschien und dem ›Honey‹ eine Gitarre mit der Widmung ›Gitarren statt Knarren für eine atomwaffenfreie Welt‹ überreichte. Es folgte ein kleiner, bemühter Smalltalk im Gewühl der Fotografen und Reporter über die Schwierigkeiten des Protokolls und die Notwendigkeiten des Friedens, bis die Polizisten dem Gast aus Ost-Berlin mit Einsatz körperlicher Gewalt endlich wieder den Weg in die Staatskarosse bahnen konnten.

Nach fünf Minuten war die große Schau vorbei, und ab hob sich der Hubschrauber in einen strahlend blauen Septemberhimmel und flog in Richtung Essen. Die Ruhrmetropole ist für Erich Honecker kein unbekanntes Pflaster. Die Villa Hügel, wo er Berthold Beitz und andere Wirtschaftsmagnaten traf, war ihm zwar unbekannt, umso besser aber kannte er wohl die tristen Arbeiterviertel im Norden der Stadt, wo er nach Hitlers Machtübernahme in den turbulenten Monaten um die Jahreswende 1933/34 als illegal aus Holland eingereister kommunistischer Jugendfunktionär gegen die beginnende Nazidiktatur agitiert hatte.«

Dieses Zitat soll dem Leser des Jahres 2012 oder später den Hintergrund vermitteln, weil die herrschenden Bundesmedien schon damals in einige Nöte geraten waren. Die Begegnung des den einen deutschen Staat regierenden Kommunisten mit dem im anderen deutschen Staat als Massenstar gefeierten Sänger forderte geschliffene Kommentare. Wie erklären, dass sich ein auf Zuhörer angewiesener Troubadour nicht hatte davon abbringen lassen, dem sonst täglich verunglimpften Kommunisten in seiner Rolle als Staatsgast um jeden Preis begegnen zu wollen? Udo hatte sich schon manchen ungewöhnlichen Spaß erlaubt. Nun also auch noch den!

Denn den Sänger etwa zum Kommunisten zu stempeln, ging überhaupt nicht, weil er doch wohl damals schon Mitglied der SPD war und offenherzige DDR-Sympathie den Zulauf in die bislang knüppelvollen Hallen reduzieren musste. (Die Stasi war überall!) Und dann: Den Staatsgast als Partner des Stars auftreten zu lassen, konnte auch noch als ungewollte »Verbrüderung« verstanden werden, und die mochte erst recht niemand. Nachbar? Dem schüttelt man schon mal die Hand! Gast? Zur Not! Bruder? Um keinen Preis! Schließlich war da doch die Mauer.

Die *Spiegel*-Variante

Der *Spiegel* 38/1987 hatte Experten entsandt, um das Medien-Problem in den Griff zu bekommen. Heraus kam: »Der Rock-Senior Udo Lindenberg hat sich, über alle Ekelschwellen hinweg, in Honeckers Besuch gedrängt. Es war ein bewegender Anblick für alle Freunde der doppelten Null-Lösung, ein festlicher, ein lichter Tag für den Weltfrieden. Federnd schritt der schlapphütige Abrüstungsapostel auf den Wiebelskirchner Spätheimkehrer zu, überreichte ›als Symbol für unsere gemeinsamen Friedensbemühungen‹ eine elektrische Zupfgeige und dröhnte emphatisch: ›Gitarren statt Knarren!‹

›Vollkommen richtig‹, nickte der verständige Staatsgast, ›weiterhin viel Erfolg und auf Wiedersehen in der Deutschen Demokratischen Republik.‹ Dann verabschiedete sich der Gesangspazifist Udo Lindenberg mit besten Wünschen ›für eine atomwaffenfreie Welt im Jahr 2000‹ und entbot dem entweichenden Generalsekretär einen schrillen Schalmeien-Gruß. Im Hintergrund lärmte fruchtlos eine aufgeregte DKP-Schar, die mit dem Lockruf ›Wir sind die junge Garde des Proletariats!‹ aussichtslos gegen den entspannungspolitischen Charme des Senioren-Rockers kämpfte. So endete letzten Mittwoch, vor dem Engels-Haus in Wuppertal, die jüngste PR-Offensive des Udo Lindenberg, 41.

Seit Jahren ist er ja schon als Nuntius der deutschen Friedensbewegung auf Achse, eine Tätigkeit, die der Schlauberger trefflich mit eigenen monetären Interessen verbindet. Doch in dieser Missionarsstellung ist der Musikant, der überwiegend dumpfen Gruftie-Rock anbietet, zu einer erheblichen Umweltbelastung geworden. Der erlösende Ratschlag der *Süddeutschen Zeitung*, den ›ebenso irrelevanten wie publizitätssüchtigen‹ Sänger zu ignorieren, hat kaum Gehör gefunden. Denn statt dem Aufdringling einen tüchtigen Therapeuten zu empfehlen, verbreiten Medien-Macher landesweit sein spätpubertäres ›Hallöchen‹-Geplapper.

Mit Polit-Prominenz wie Egon Bahr talkte er gern über ›politische Sondierungen in Moskau‹ und überreichte seine neue LP ›Götterhämmerung‹. Ganz zufällig ist dann auch ein Fotograf zur Stelle. 1983 durfte die Friedenstaube Lindenberg endlich auch in den Osten flattern. Erich (›Honey‹) Honecker, der sich auch mal bei seiner freien deutschen Jugend lieb Kind machen wollte, erlaubte dem hartnäckigen ›Bodo Ballermann‹ ein Konzert in Ost-Berlin. Als ihm eine DDR-Tournee in Aussicht gestellt wurde, sah sich der Künstler wohl schon als perestroianisches Pferd einer neuen Friedenspolitik, aber 1984 wurde er unversehens wieder abgeschmettert, weil seine Lieder nicht ›bereichernd für die Rezipienten in der DDR‹ waren.

Udo hielt das für einen folgenschweren, zutiefst abrüstungsfeindlichen Fehltritt, schickte dem Generalsekretär trotzdem eine Lederjacke, die Honecker gutwillig entgegennahm und die beim VEB Jugendmode Rostock landete. Im Gegenzug stiftete der Pankower ›Oberindianer‹ eine Schalmei, auf der Lindenberg nun beständig bläst und damit sogar der hochtourig spiritistischen Punker-Braut Nina Hagen mächtig imponiert. Freilich, trotz dieses herzlichen ›Honeymoon‹, hatte der umtriebige Blasius erhebliche Schwierigkeiten, vom Honecker-Besuch propagandistisch zu profitieren. Oskar Lafontaine, der ›mich mal als Kultusminister haben wollte‹, kränkte ihn, weil er […] Katja Ebstein und Peter Maffay als Vertreter westdeutscher Tonkunst eingeladen hatte. Die mütterliche Grüne Waltraud Schoppe scheiterte mit dem Versuch, den schütteren Kindskopf in einen Bonner Honecker-Empfang zu schleusen. Ratlos tutete Lindenberg in die geliebte Schalmei. Schließlich habe er, verkündete er im NDR-Fernsehen, den ›Chef des Auswärtigen Amtes‹, zumindest aber einen ›hohen Funktionär‹, angerufen und gesagt: ›Frag Erich, ob er mich sehen will oder nicht‹.

Erich hat es gewollt […]«

Wovon wirklich die Rede war

Bliebe noch – schon um nicht in juristischen Verdacht zu geraten, eine Unterlassungssünde zu begehen – das mitgeschnittene Zitat der Unterhaltung zwischen beiden, gedruckt in *Udo Lindenberg und der Osten* (Thomas Freitag, neues leben, Berlin 2011): »Der Biograf Kai Hermann gibt den Dialog Lindenberg/Honecker im September 1987, anlässlich des Staatsbesuches Honeckers in der BRD, wie folgt wieder:

Honecker: … hier in Wuppertal, sozusagen bei Engels, das ist sehr wichtig für unsere weitere Entwicklung.

Udo L.: Nicht zu viel Protokoll und nicht zu wenig Rock'n'Roll.

Honecker: Das Protokoll ist da, aber mehr Rock'n'Roll werden wir noch später haben. Also alles Gute.

Udo L.: Als Symbol unsrer gemeinsamen Friedensbemühungen habe ich Ihnen eine Gitarre mitgebracht mit einem Slogan drauf, unter dem wir vor drei Wochen in Moskau und Leningrad aufgetreten sind mit Alla Pugatschowa. Der Slogan heißt: ›Gitarren statt Knarren, für eine atomwaffenfreie Welt im Jahr 2000‹. Diese Gitarre möchte ich Ihnen, lieber Erich Honecker, gern überreichen.

Honecker: Ich danke Ihnen recht herzlich. Gitarren statt Knarren, vollkommen richtig. Weiterhin viel Erfolg, ja, und auf Wiedersehen in der Deutschen Demokratischen Republik.

Udo L.: Lieber Erich Honecker, ich habe ein Statement, aber die Zeit wird knapp, ich meine, ich hab mir 'n paar Gedanken gemacht zur Arbeitssituation der Künstler in der Bundesrepublik, in der DDR, auch weltweit, und will Ihnen das gerne, wenn wir Zeit hätten, vortragen.

Honecker: Die Zeit haben wir jetzt nicht, ja, aber wir werden die Zeit finden, wenn Sie wieder bei uns auftreten. Ich hoffe, dass das bald erfolgt. Ich werde die Freie Deutsche Jugend bitten, dass sie das organisiert.

Udo L.: Ja, wunderbar!

Honecker: Und dann können wir alles machen. Einverstanden? Ja? Alles Gute, ja.

Udo L.: Guten Aufenthalt in der Bundesrepublik, viel Spaß. Ich hoffe, dass wir uns sehr bald wiedersehen.«

Politisierte Schule

Was sich da vor erst 24 Jahren zugetragen hatte, ließe sich von den Medien heutzutage kaum erklären. »Ließe« allein schon, weil es ohnehin nicht opportun wäre, daran zu erinnern.

Man bedenke: Honecker war in die BRD eingeladen worden! Kohl später in seinen Memoiren dazu: »Eine bittere Pille für mich, dass es vor dem Bundeskanzleramt dann das übliche Zeremoniell gab: roter Teppich, Abschreiten der Ehrenkompanie, Seit an Seit mit Honecker an den Soldaten der drei Waffengattungen vorbei. Dazu Wachbataillon und Stabsmusikkorps der Bundeswehr, Hymnen, Beflaggung. Das bisher Unvorstellbare wurde wahr.«

Unvorstellbar, möchte man wiederholen – und heute erst recht! Allein das Bild könnte heute Protestdemos auslösen: Honecker und Kohl beim Abschreiten der Ehrenkompanie. Am 7. September 2012 wäre der 25. Jahrestag, und käme dann jemand auf die Idee, den feiern oder ächten zu wollen, müsste man sich etwas einfallen lassen. Es bliebe allenfalls ein Filmthema! Rahmenhandlung: Die Bundes-Ministerpräsidenten, wie sie sich darum rissen, den Staatsratsvorsitzenden an lukrativen Banketttafeln zu bewirten! Und am Ende eingeladen in die Essener Villa Hügel, wo ihn die Konzernbosse des Landes mit heiteren Mienen erwarteten, schon um neue Verträge mit der DDR abzuschließen.

Ich hab's: »Krupp und Krause« müsste aus den Archiven geholt werden!

Das alles wird mit Sicherheit nicht geschehen, denn rechtzeitig ist das 48-Seiten-Lehrbuch erschienen. Unterzeile auf der Titelseite: »Unterrichtsmaterial zur jüngsten deutschen Geschichte anhand des Musicals *Hinterm Horizont*.«

Und das unter dem Bild: Honecker und Lindenberg – oder Lindenberg und Honecker!

Wer war auf die Idee gekommen, ein Musical deswegen zu finanzieren und Lehrbücher drucken zu lassen, die kostenlos verteilt wurden? Um das herauszufinden, war mein erster Gedanke: Das Buch muss her! Ich alarmierte meinen Buchhändler. Der bedauerte: Nirgends mit der üblichen ISBN-Nummer im PC-Katalog zu finden. Als Nächstes: Anruf beim Mitherausgeber LISUM in Ludwigsfelde-Struveshof (03379 / 209-0).

Zuvor tauchte die Frage auf: Wer oder was könnte LISUM sein?

Ich nahm die Ermittlungen auf, fand eine Spur und las als Erstes: »Wir sind für Sie da. Das Landesinstitut für Schule und Medien Berlin-Brandenburg (LISUM) ist eine Einrichtung der Länder Berlin und Brandenburg für die gemeinsame Bildungsregion. Wir sind Ihr Ansprechpartner in Sachen Unterrichts-, Schul- und Personalentwicklung sowie für Medienbildung. Wir unterstützen Sie in der Qualitätsentwicklung im Bildungswesen.

[…] Wir führen Projekte und Maßnahmen zur kompetenzorientierten und standardbasierten Unterrichtsentwicklung durch.«

Einmal mehr bremste mich die Frage: Wird der Leser hier vielleicht zuklappen und erwägen, das Buch umgehend wieder loszuwerden? Hatte ich ihm nicht eine Story über Udo L. versprochen? Hatte der nicht »Bis ans Ende der Welt« geschrieben (»Nur zu dir fallen mir solche schönen Träume ein / ich will jede Stunde nur noch mit dir zusammen sein«)? Und nun statt irrer Träume Bürokratengelaber!

Trotzdem! Konsequent wie Sherlock Holmes ermittelte ich weiter: In Brandenburg – zum Beispiel – regelt ein Ministerium für Bildung, Jugend und Sport den Schulbetrieb, assistiert von Staatlichen Schulämtern. Aber schon als nächste Unter-Instanz stieß ich im Internet bei diesem Ministerium auf die »Brandenburgische Landeszentrale für politische Bildung«. Was hatte die mit den Schulen zu tun?

War es nicht ein Standard-DDR-Monopol gewesen, Kinder vom Babyalter an politisch zu drillen? Hatte nicht ein Professor allen Ernstes behauptet, bereits beim Topfkacken der Kleinsten seien Symptome von NVA-Strukturen praktiziert worden? Hatte nicht sogar ein Ministerpräsident – promovierter Gynäkologe – ähnlichen Unfug verbreitet? Und nun eine »Zentrale für politische Bildung« an der Seite des Ministeriums?

Ich surfte weiter, fand auch das Programm dieser »Zentrale« und war nicht im Geringsten verblüfft, dort als Redner für den September 2011 den Bundespräsidentschaftskandidaten Gauck zu finden.

Und dazu gesellte sich auch noch LISUM, und bei denen fand ich auch den Satz: »Der Bereich Medienbildung unterstützt Schulen und außerschulische Bildungseinrichtungen darin, das Lernen mit und über Medien in den Alltag zu integrieren. Dazu bieten wir Fortbildungs- und Beratungsangebote zu aktuellen Themen an.«

Es fehlte allerdings ein Hinweis, welche Medien von LISUM empfohlen wurden. Die *junge Welt* etwa? Kaum vorstellbar! *Bild*? Schon eher denkbar.

Und demzufolge kann niemand leugnen: Der heutige Schulbetrieb ist – dieser Struktur folgend – politisierter als in der DDR, was man leicht damit belegen kann, dass dort nie so viele Instanzen existierten, die sich damit befassten. Könnte höchstens einer jener Wanderer des Weges kommen und sagen: »Aber über allem war die Partei!«

Was als juristischer Beweis nicht hinreichen würde, denn heute sind es einfach nur mehrere Parteien, die vereint ihre Ziele verfolgen. Eines lautet: Die DDR delegitimieren!

Die Person an sich

Nun aber endlich zu Udo L. Wieder keine eigenen Deutungen, sondern ein paar Zeilen aus dem Magazin der *Süddeutschen Zeitung* 37/2011.

»Name: Udo Lindenberg; Geboren: 17. Mai 1946 in Gronau, Westfalen. Beruf: Musiker, Maler.

Ausbildung: ließ sich in einem Düsseldorfer Hotel zum Kellner ausbilden. Status: sein eigenes Denkmal.

Ob es einen Menschen gibt, der Udo Lindenberg wirklich kennt, also ohne Hut und Brille? Der ihn in den Arm nimmt oder streichelt, wenn er Angst hat, vor der Zukunft, dem Alter, dem Alleinsein? Udo Lindenberg ist mehr als ein Künstler. Udo Lindenberg ist eine Statue, die lebt; eine Projektionsfläche für die Sehnsüchte der Menschen, die gaffend davorstehen und sich wünschen, auch mal so frei und cool zu sein, ohne vom Abteilungsleiter eins auf den Deckel zu bekommen. Er hat den Steppenwolf, Trinker und Nachtpoeten radikal durchgezogen, ohne ins Lächerliche abzugleiten. Die Menschen haben Respekt vor Udo Lindenberg. So einer darf auch mit dem goldenen Trabi zum Fotoshooting vorfahren, das – natürlich – im ›Hotel Atlantic‹ stattfindet, woanders kann man ihn sich ja gar nicht mehr vorstellen. Das Interview läuft reibungslos, Udo hat viel Freude. Stunden später – es ist 3 Uhr 30 nachts – piept das Handy unseres Fotografen. Eine SMS: ›Hat Spaß gemacht. Danke. Udo.‹«

Keine 200 Worte, aber man ist im Bilde!

Zur Vervollständigung seien noch ein paar Sätze aus dem Internet: »Udo Lindenberg ist ein politischer

Mensch. Er bekennt sich zur Sozialdemokratie und trat schon auf einer Geburtstagsfeier des ehemaligen deutschen Bundeskanzlers Gerhard Schröder auf. Er engagierte sich für die Afrikahilfe beim deutschen Beitrag ›Nackt im Wind‹, für das Projekt ›Live Aid‹ sowie mit dem Benefiz-Song für Afrika ›Grüne Mauer‹. Immer wieder ist er an Projekten gegen den Neonazismus beteiligt und gründete 2000 sein Projekt Rock gegen Rechte Gewalt.

Am 10. Dezember 2006 gründete er die Udo-Lindenberg-Stiftung, um sich kulturpolitisch zu engagieren, humanitäre und soziale Projekte zu unterstützen und Hermann Hesses Dichtkunst mit moderner Musik zu verbinden. Die Stiftung fördert Nachwuchsbands mit deutschen Texten durch Wettbewerbe und richtet das Hermann-Hesse-Festival aus. Der Sänger ist außerdem bekannt durch das Tragen seines typischen Hutes und einer Sonnenbrille.

Er wohnt im Hamburger Hotel Atlantic Kempinski. Seine rauhe Stimme ist die Folge von Alkohol und übermäßigem Zigarettenkonsum. 1989 erlitt Lindenberg einen Herzinfarkt. Oft hat er mit Kolleginnen und Kollegen gemeinsame Projekte gestaltet, so mit Ulla Meinecke, Die Prinzen, Nena, Zeus B. Held (Ex-Birthcontrol) oder Freundeskreis, Lukas Hilbert, Mellow Mark, Jan Delay, aber auch mit ausländischen Kolleginnen wie Alla Pugatschowa (Russland), oder Sezen Aksu (Türkei). Er trat mit internationalen Künstlern wie Eric Burdon, Helen Schneider, David Bowie und Gianna Nannini auf. Zudem ist er ein großer Bewunderer der Band Rammstein und des Jazztrompeters Miles Davis.«

Udo nun auch als Staatsbürgerkundelehrer

Kaum jemand könnte mir vorwerfen, Udo mit diesem oder jenem Wort diskreditiert zu haben. Es gab auch gar keinen Grund. Udos sind überall in der Welt im Gange, mit und ohne Hut, nüchtern oder nicht nüchtern. Millionen Mädchen geraten aus dem Häuschen oder noch viel mehr, wenn die Udos auf den Bühnen erscheinen, fordern Zugaben, raufen sich alle Haare, kreischen – Sie wissen das, haben es unzählige Male wenigstens im Fernsehen miterlebt.

Aber dann kam plötzlich mit dem schon erwähnten Buch der Schock: Udo nicht mehr nur auf der Bühne, nicht mehr nur trällernd oder röhrend, sondern vereint mit LISUM als Autor eines Buchs, mit dem die Lehrer den Kindern beibringen sollen, was die DDR war und was sie nicht war! Kurzum: Udo als Staatsbürgerkundelehrer.

Dass ein Gauck von Vortrag zu Vortrag hetzt, kann man verstehen. Er ist nun mal die Paradefigur für alle »Unterdrückten«, »Gequälten«, »Verfolgten«. Und zwar in jeder Hinsicht, denn inzwischen weiß man, dass er »hintenherum« mit der Stasi verhandelte, kennt sogar die »Akte«, die er verschwinden zu lassen versäumt hatte und in der man in einem Protokoll eines seiner Gespräche mit einem MfS-Offizier lesen kann: »Insgesamt war Gauck der Meinung, dass der Kirchentag in Rostock eine gelungene Sache war, und schätzt das Ergebnis auch als sehr wichtig ein, weil es inhaltlich Neuerungen gebracht hat, die sich deutlich positiv abheben zu den Kirchentagen in Görlitz, Erfurt und Halle. Als besonders hoch schätzte er den begonnenen und doch auf einem hohen Niveau geführten Dialog mit Wissenschaftlern des Bereichs Marxismus-Leninismus der Universität Rostock und der Universität Greifswald ein. […] wurde in diesem Zusammenhang Gauck gedankt für seine Initiativen für seine langfristige gute Zusammenarbeit und Durchführung des Kirchentages, ihm wurde auch gedankt für seinen hohen persönlichen Einsatz, und dieser Dank wurde vom Mitarbeiter nicht nur aus persönlichen Gründen vorgebracht, sondern ihm wurde auch deutlich zu verstehen gegeben, dass dieser Dank seitens des MfS an Gauck ergeht.« (Ob er darüber auch in den Vorträgen bei LISUM Einzelheiten preisgibt?)

Aber von Udo gibt es eine solche »Akte« nicht. Ob man ihn nun als DDR-Staatsbürgerkunde-Oberlehrer auswählte, weil er – im Gegensatz zu Gauck – absolut unbelastet ist? Zugegeben: Die Begegnung mit Erich Honecker hätte er sich vielleicht schenken können, aber »Gitarren statt Knarren« ließ sich sogar als Anti-Mauer-Losung ausgeben!

So nahmen die Dinge ihren Lauf!

Musical-Politschulung mit Udo

Auf einer Website wurde schon im Januar 2010 angekündigt: »Udo lässt den Eisernen Vorhang noch mal wackeln. Es ist wie vom Urknall bis zum Mauerfall. Nach seinem Hit-Album ›Stark wie Zwei‹ bringt Udo Lindenberg sein erstes Musical auf die Bühne! Jeder Udo-Fan kennt ›Mädchen aus Ost-Berlin‹. Aber die Geschichte dahinter, ein deutsches Romeo-und-Julia-Märchen, kannte bislang keiner. Eine geheime Liebe, die nicht sein durfte.«

Und damit bog Udo in die »große Kurve« ein! Keine Gitarren mehr als Geschenke für die aus Deutschland bis ans Kap Horn vertriebene Honecker-Familie, sondern nun Lehrer für die Vertreibung aller DDR-Erinnerungen!

Ein Unterhaltungskonzern setzte ihn auf dieses Rad und schob ihn ins Rennen. Und zwar nicht in irgendein Provinzrennen für Anfänger. Denn: Udo wohnt im Hamburger Atlantic-Hotel und tritt nur in Riesenhallen oder City-Bühnen auf. Wissen ließ der Konzern auch: Zwei Millionen kostet der Spaß. Als man davon erfuhr, glaubte man noch: Kein Wunder, Stars kassierten schon immer Stargagen.

Aber dann staunte man doch noch einmal über die Zeile auf dem Umschlag »Unterrichtsmaterial«. Udo nicht als Vorsänger, sondern als Vortragender. Die erste Lektion überließ er den Vorwortautoren (kein Star betritt als Erster die Bühne): »Der 13. August 2011 war der 50. Jahrestag des Baus der Berliner Mauer. Diese Mauer war eines der sichtbarsten Symbole der deutschen Teilung. Familien, Freundschaften und Liebende wurden getrennt, Lebenswege zerstört, Verkehrsverbindungen abgeschnitten und mindestens 136 Menschen an der Grenze getötet. Den Bürgerinnen und Bürgern der DDR wurde das Menschenrecht der Freizügigkeit vorenthalten. Gleichzeitig festigte der Bau der Mauer die SED-Diktatur für eine gewisse Zeit nach innen.

Für viele Schülerinnen und Schüler ist es heute unvorstellbar, dass eine Mauer quer durch die Stadt Berlin verlaufen ist und dadurch die Menschen voneinander getrennt wurden. Die deutsche Einheit ist für sie eine erfahrene Selbstverständlichkeit. Zugleich ist der Wissensstand über die DDR und die jüngste deutsch-deutsche Geschichte bei der jungen Generation mehrheitlich nicht sehr ausgeprägt.

Hier besteht für die gesellschaftliche Institution Schule eine bedeutsame und dauerhafte Aufgabe, indem sich dort Schülerinnen und Schüler sowohl systematisches Wissen als auch historische Kompetenzen aneignen können. Die Rahmenlehrpläne bieten vielfältige Anknüpfungspunkte, die deutsch-deutsche Nachkriegsgeschichte im Unterricht zu thematisieren.

Neben Lernmaterialien, Gedenkstätten, Institutionen der Aufarbeitung und Zeitzeugengesprächen kann auch die Auseinandersetzung mit einem politischen Musical für Schülerinnen und Schüler einen wichtigen Beitrag zur Auseinandersetzung mit der jüngsten deutschen Geschichte leisten.

Das Musical *Hinterm Horizont* vermittelt in besonders ansprechender Art und Weise am Beispiel einer teils authentischen, teils fiktionalen Liebesgeschichte die Folgen der deutschen Teilung und des Mauerbaus sowie die unterschiedlichen Erfahrungen der Menschen vor und nach dem Fall der Mauer. Mit den Hits von Udo Lindenberg […] wird die jüngste deutsch-deutsche Geschichte anschaulich präsentiert.

In Zusammenarbeit mit Udo Lindenberg und Stage Entertainment, den Machern des Musicals *Hinterm Horizont* und mit fachlicher Beratung des Landesinstituts für Schule und Medien Berlin-Brandenburg (LISUM) wurde diese Publikation entwickelt. Unser gemeinsames Ziel ist es, Schülerinnen und Schülern und Lehrkräften ein pädagogisches Angebot für eine inhaltliche Vor- und Nachbereitung des Musicals *Hinterm Horizont* sowie Unterrichtshinweise für eine weitere thematische Auseinandersetzung zu unterbreiten. Diese Auseinandersetzung kann auch uns allen helfen, das Verständnis für Freiheit und Demokratie zu schärfen.

Wir wünschen dieser Publikation eine möglichst weite Verbreitung und allen Lehrkräften und Schülerinnen und Schülern viel Erfolg bei einer ungewöhnlichen Art der Auseinandersetzung mit der jüngsten deutschen Geschichte.

Johannes Mock-O'Hara (Geschäftsführer Stage Entertainment Deutschland)

Michael Retzlaff (Referatsleiter Medienbildung, Landesinstitut für Schule und Medien Berlin-Brandenburg)«

Wenn man liest »Neben Lernmaterialien, Gedenkstätten, Institutionen der Aufarbeitung und Zeitzeugengesprächen kann auch die Auseinandersetzung mit einem politischen Musical für Schülerinnen und Schüler einen wichtigen Beitrag zur Auseinandersetzung mit der jüngsten deutschen Geschichte leisten«, weiß man schon mal, dass es sich um ein »politisches Musical« handelt, das etwa mit einer »Gedenkstätte« zu vergleichen ist.

Unwillkürlich notierte ich am Rande die Frage: »Hat der das nötig?« Wollte doch angeblich »Gitarren statt Knarren« und singt nun LISUM-Arien, um den Kindern das Gerede von der DDR auszutreiben, in der nicht schon vor der Einschulung nach dem Einkommen der Eltern gefragt worden war und Tochter oder Sohn eines Schlossers und einer Ladenverkäuferin Professor werden konnten!

Oder: »Die Rahmenlehrpläne bieten vielfältige Anknüpfungspunkte, die deutsch-deutsche Nachkriegsgeschichte im Unterricht zu thematisieren.«

Sollte damit gemeint sein, Udo präsentiert einen neuen Song, wie er Honecker durch die ganze BRD hinterherhetzte, um ihm eine Gitarre schenken zu können?

Das war doch ein Kapitel »Nachkriegsgeschichte«.

Nein, das alles ist nicht gemeint.

In Moskau von Udo geschwängert

Fragt man sich also unwillkürlich: Und wie soll das gehen? Immerhin war nicht mal die politisch so stramme DDR auf die Idee gekommen, Frank Schöbel als singenden Bühnen-Parteilehrjahrlehrer einzusetzen!

Die Antwort findet der ratlose Lehrer von heute in jenem Schulbuch. Da wird die ganze Geschichte erzählt: »Jessys Erinnerungen an Udo beginnen in der elterlichen Wohnung, 1983 in Ostberlin. Jessy, 17 Jahre alt, wird am nächsten Tag im Palast der Republik mit ihrer FDJ-Singegruppe beim ›Konzert für den Frieden‹ auftreten. Zum Verdruss ihres Bruders Elmar hat sie dafür keine Karten bekommen – denn Elmars großes Idol, der West-Rocker Udo Lindenberg, wird ebenfalls auf der Bühne stehen. Während sich ihre Eltern und der in Jessy verliebte Marco fragen, was Elmar an Udo so grandios findet, träumt seine Schwester davon, auch etwas Besonderes zu sein. Beim Konzert trifft Jessy Udo hinter der Bühne und erlebt beim Blick in seine Augen Blitz und Donner wie aus heiterem Himmel. Udo geht es ähnlich, und er schwört, bald zu seiner ›Nachtigall‹ zurückzukommen. Die denkwürdige Begegnung wird allerdings protokolliert: von Krause und Patschinski, zwei Stasi-Agenten.

Elmar, der beim Versuch, Udo trotz allem zu sehen, von der Volkspolizei weggeknüppelt wurde, ist vollkommen hingerissen, als ihm Jessy von der Begegnung mit dem Rockstar erzählt. Während die beiden Jugendlichen von einem Leben ›gegen die Strömung‹ träumen, sitzen der Minister für Staatssicherheit und seine Untergebenen beisammen und überlegen, wie sie dem Phänomen Udo L. begegnen können. Die Stimmung der jungen Leute im Land wird rebellischer und die Stasi nervöser.

Udo hat derweil in Hamburg für Jessy ein Liebeslied komponiert, sie hat es im Radio gehört und schreibt ihm daraufhin einen Brief. Elmar rät ihr, den Umschlag einem Westbesucher am Grenzübergang Friedrichstraße mitzugeben, damit der Brief im westlichen Kasten landet und nicht auf einem Stasi-Schreibtisch. Da Jessy zu solchen Aktionen kein Talent hat, übernimmt er diesen Job. Dabei wird er allerdings verhaftet.

Krause und Patschinski erpressen daraufhin Jessy, Inoffizielle Mitarbeiterin (IM) der Stasi zu werden und Udo auf dessen Tournee zu bespitzeln. Ihr bleibt nur die Einwilligung in die Erpressung, damit Elmar wieder freigelassen wird. Doch dann sagt das Ministerium für Staatssicherheit Udos Tournee ab, und Elmar, der die DDR nicht mehr erträgt, flieh(g)t über die Mauer nach Westen. Jessy ist plötzlich allein. Bei einem Anruf lässt Elmar Jessy verschlüsselt ausrichten, dass Udo in Moskau auftreten wird. Sie reist sofort dorthin und verbringt mit Udo eine erinnerungswürdige Nacht im Hotel. Wieder in Berlin, stellt Jessy fest, dass sie schwanger ist. Nachdem sie einen Ausreiseantrag gestellt hat, wird sie von der Stasi massiv schikaniert. Jessy schaltet auf stur und schweigt. Da sie von Udo nichts mehr hört, heiratet sie schließlich Marco, der glaubt, das Kind sei von Jessys russischem Brieffreund.

Bald darauf fällt die Mauer. Jessy eilt in den Westen und trifft Udo nach seinem Auftritt. Dem ist kurz zuvor seine Stasi-Akte von Krause und Patschinski angeboten worden. Die beiden haben es sich nicht nehmen lassen, ihm auch Jessys IM-Tätigkeit unter die Nase zu reiben. Das Zusammentreffen des ehemaligen Liebespaares wird zum Desaster, und Jessy bleibt in ihrem alten Leben zurück.«

Niemand soll glauben, dass die Schnulze hier zu Ende wäre. Sie geht im Grunde erst richtig los.

Lehrbuch-Text: »Der Chefredakteur einer Boulevardzeitung möchte das als Aufhänger für eine Serie ›Ost-West-Liebesgeschichten‹ nutzen. Deshalb schickt er die Reporterin Mareike los, Udos alte DDR-Liebe aufzuspüren. Bald sitzt sie in der Küche von Jessy Schmidt, die ihr die Geschichte von sich und Udo erzählt …«

Wie es zur »Tapetenmark« kam

Und dann wird dieses Leerbuch endgültig zum Lehrbuch. Sollte ein in der DDR Aufgewachsener wissen wollen, wo er wie gelebt hat, wird ihm auf der nächsten Seite die erste Stunde Geschichtsunterricht erteilt.

»Geschichte der DDR

Nach dem Sieg über Hitlerdeutschland teilten die vier Hauptsiegerstaaten (Alliierte) 1945 Deutschland (ohne Ostgebiete) in vier Besatzungszonen auf, die ursprünglich gemeinsam verwaltet werden sollten. Doch der Macht- und Ideologiekonflikt zwischen den drei demokratisch-kapitalistisch verfassten Ländern USA, England und Frankreich und der kommunistisch-totalitär regierten Sowjetunion nahm stetig zu (Kalter Krieg). Bald kam es zu Auseinandersetzungen über Reparationen (Demontage), das zukünftige Wirtschafts- und Staatssystem, über Hilfskredite (Marshall-Plan) und Westberlin (Luftbrücke). 1948 wurden in den drei westlichen Zonen (Währungsreform) und der Ostzone unterschiedliche Währungen eingeführt, 1949 unterschiedliche Staaten gegründet (BRD und DDR), die einerseits dem westlichen, andererseits dem sowjetischen Einflussbereich unterlagen. Die deutsche Teilung war vollzogen.«

Das Lehrbuch gibt sich kundig: Die durch Pfeile markierten Begriffe wurden auf Seite 6 »erklärt«. Zum Beispiel so: »Währungsreform, Aufhebung der Reichsmark als Zahlungsmittel, Einführung der D-Mark und DDR-Mark 1948«. Hier wird das Lehrbuch zum Jägerlateinbuch, denn: Heimlich und von Militärkommandos überwacht, hatten die USA schon 1947 Geldscheine der neuen Währung nach Westdeutschland geschafft, die in ganz Nachkriegsdeutschland geltende Reichsmark am 20. Juni 1948 für nicht mehr gültig erklärt und gegen die neuen Scheine umgetauscht. Das geschah, ohne die Sowjetunion wenigstens vertraulich ins Bild zu setzen. Damit war Deutschland endgültig gespalten. Es gibt keine Länder, in denen zwei verschiedene Währungen gelten! Im Potsdamer Abkommen hatten sich die alliierten Siegermächte zu einer gemeinsamen Verwaltung Deutschlands verpflichtet. Die war damit beendet. Und obendrein waren über Nacht Millionen ungültig gewordener Reichsmark in die Sowjetische Besatzungszone geflossen und hatten dort eine wirtschaftliche Katastrophe heraufbeschworen.

Die Fakten hätte Udo L. aus jedem halbwegs seriösen Geschichtsbuch erfahren können. Und wenn er – womit allerdings nicht zu rechnen war – mich gefragt hätte, dann hätte ich ihm berichten können, dass die damals über den Potsdamer Platz fahrende Straßenbahn dort, wo später die Mauer entstand, halten und auf den Westmarkschaffner warten musste, weil der Ostschaffner nicht die westwärts geltenden Scheine und Münzen zur Verfügung hatte.

Also keine Währungs-»reform«, sondern die Spaltung Deutschlands durch die Währung! Und wenn der Udo Lust gehabt hätte, wieder mal ein lustiges Liedchen zu schreiben, eines mit historischem Hintergrund zur Aufklärung der Jugend, hätte er es »Tapetenmark«-Song taufen können. Im Osten war man durch den Westcoup in ziemliche Nöte gelangt, fand aber eine pfiffige Lösung:

Da man über Nacht keine neuen Geldscheine drucken konnte, druckte man in zwei Nächten Briefmarken, und von da an waren nur noch die damit beklebten Reichsmarkscheine gültig! So bekam man das Chaos in den Griff, und fortan nannte man die »neue« Mark »Tapetenmark«. Das war nicht so sehr lustig, aber Udo würde es schon lustig werden lassen können.

Die ersten Aufgaben

Auf Seite 9 beginnen die Schulaufgaben, die Udo und seine Mannschaft erfunden haben: »Aufgaben – 1. Setzen Sie bitte folgende Zwischenüberschriften und Zeitabschnitte richtig über den entsprechenden Abschnitten im Text ein:

• 1980-1985 / 1945-1949 / 1985-1990 / 1961-1971 / 1949-1961 / 1971-1980

• deutsch-deutsche Entspannungspolitik / Stagnation und Niedergang / Aufbaujahre – sozialistische Volksrepublik oder Diktatur? / Von der Ostzone zur DDR / Konsolidierung nach dem Mauerbau / innere und äußere Krisenerscheinungen.«

Was ließen sich für Lösungen finden? Zum Beispiel für 1945-1949? »Deutsch-deutsche Entspannungspolitik« käme wohl kaum infrage.

Blätterte man in einem Geschichtsbuch, stieße man da auf folgende Fakten:

1945

Entsprechend den Entscheidungen der Konferenz von Jalta verließen USA-Truppen nach ihrer Eroberung Thüringen. Vor dem Abzug ließ das US-Militärkommando Quittungen für alles »Beschlagnahmte« ausschreiben. Die Summe betrug 18.527.931 RM.

1946

Die Kommunistin Martha Brautzsch, die während der Nazizeit an zahlreichen Widerstandsaktionen teilnahm und mehrfach inhaftiert worden war, wurde auf der Rückfahrt von einer Kundgebung zum Internationalen Frauentag am Abend des 8. März in Torgau zusammen mit dem Kraftfahrer, Wilhelm Leimer, überfallen und ermordet.

Der 42-jährige VP-Oberwachtmeister Hermsdorfer und der 49-jährige VP-Oberwachtmeister Schilling wurden nachts in Chemnitz erschossen.

1947

Am 17. November wurde versucht, bei Prödel, unweit von Magdeburg, den Personenzug 1428 entgleisen zu lassen. Der Anschlag misslang. Er wurde am 4. März 1948 wiederholt.

1948

Vom 1. Juni bis 1. September wurden in der SBZ drei Explosionen in Betrieben registriert, zudem 28 Sabotageaktionen, 18 Brandstiftungen, neun Scheunenbrände, neun Waldbrände, eine vorsätzlich herbeigeführte Überschwemmung, zwei Anschläge auf öffentliche Einrichtungen und ein Versuch einer Massenvergiftung, bei der Mehl Arsen beigemischt wurde.

An der Berliner Oberbaumbrücke wurde der Volkspolizist Fritz Maque am 27. Oktober von einem aus Westberlin kommenden Auto überrollt und getötet.

1949

Im Sprengstoffwerk Gnaschwitz wurden von September 1949 bis Januar 1950 drei Explosionen ausgelöst, bei denen acht Arbeiter ums Leben kamen. Der angerichtete Sachschaden betrug 690.000 Mark.

In Lübz wurden Gleisanlagen der Deutschen Reichsbahn gesprengt.

Direktoren des Saatzuchtbetriebes Klein Wanzleben ermöglichten es den früheren Besitzern, die nach Westdeutschland geflüchtet waren, sich in den Besitz von Aktien im Werte von 22 Millionen Mark zu bringen.

Eine der 50 Seiten widmeten Udo L. und sein Stab – oder auch der Stab und Udo L.? – dem Thema »Die Unterdrückung der Opposition durch die Staatssicherheit«.

Das las sich so: »Das Ministerium für Staatssicherheit (MfS, kurz Stasi) war 1950 als ›Schwert und Schild‹ der Sozialistischen Einheitspartei Deutschlands (SED) gegründet worden. [*Die gelegentlich verwandte, aus dem Russischen übernommene Titulierung hieß, wen überrascht es, genau anders herum: Schild und Schwert, also erst das Abwehr- und dann das Angriffsinstrument – K. H.*] Es hatte von Anfang an auch die Aufgabe, Oppositionelle und Regimegegner, sogenannte ›feindlich-negative Elemente‹, zu überwachen und zu unterdrücken. Kurz vor dem Ende der DDR arbeiteten für das MfS noch rund 174.000 Menschen, davon 110.000 Inoffizielle Mitarbeiter (IM). Praktisch jeder konnte ins Visier der Staatssicherheit geraten: Wer sich in irgendeiner Weise abweichend verhielt oder sich kritisch dem ›real existierenden Sozialismus‹ in der DDR gegenüber äußerte.

Am Ende hatte die Staatssicherheit eine unvorstellbar große Menge an heimlich aufgenommenen Fotos, mitgeschnittenen Gesprächen und vor allem an Spitzelberichten Inoffizieller Mitarbeiter produziert. Ein Erbe, das nach der Wende für seine Urheber zur großen Gefahr wurde. Nur durch die Besetzung der Bezirkszentralen und der Stasi-Zentrale in Berlin durch Bürgerrechtler konnte die Vernichtung der Stasi-Akten weitestgehend verhindert werden.«

Und um den Horror noch zu »illustrieren«, wurde eine »Akte« hinzugefügt, die als »MfS-Richtlinie Nr. 1/76 zur Entwicklung und Bearbeitung Operativer Vorgänge (OV) vom Januar 1976« ausgegeben wurde. Aus dem Text: »[…] Maßnahmen der Zersetzung sind auf das Hervorrufen sowie die Ausnutzung und Verstärkung solcher Widersprüche bzw. Differenzen zwischen feindlich-negativen Kräften zu richten, durch die sie zersplittert, gelähmt, desorganisiert und isoliert und ihre feindlich negativen Handlungen […] eingeschränkt oder gänzlich unterbunden werden […] Bewährte Mittel und Methoden der Zersetzung sind: […] die Verwendung anonymer oder pseudonymer Briefe, Telegramme, Telefonanrufe usw.«

Informationen über drei Millionen DDR-Bürger

Kein Schüler kann die »Richtlinie Nr. 1/76« daraufhin prüfen, ob sie so lautete, wann sie gültig und wie angewendet wurde. Aber las man nicht, dass Udo Mitglied der SPD sei und dort als Gast höchster Kreise aufgetreten war? Also: Kein Problem für ihn, einen Blick in die Akten des Ostbüros der SPD zu werfen. Und sollte man ihm die aus diesem oder jenem Grund nicht zeigen wollen – nicht weit vom Hotel Atlantic kann er sich den *Spiegel* mit der laufenden Nummer 28 des Jahres 1990 ausleihen lassen und schon im Vorspann auf Seite 73 lesen: »Tausende von Agenten eines ›Ostbüros‹ der westdeutschen SPD, finanziert mit Steuergeldern und ausgerüstet mit Geheimtinte und Minikameras, lieferten 20 Jahre lang interne Nachrichten aus der DDR.«

Noch ein paar Details gefällig? »Im Berlin der 50er Jahre, während des Untergrundkampfes zwischen Ost und West, tummelten sich Vertreter von 80 ausländischen Geheim- und Nachrichtendiensten. […] Mit dabei in der Spionage-Frontstadt war ein Trupp Entschlossener, der so gar nicht ins Romanbild eines John le Carré passen wollte – keine Profis, sondern Parteisoldaten vom sogenannten Ostbüro der westdeutschen SPD. Sie sollten, im politischen Widerstand, den Boden bereiten für eine Wiedervereinigung Deutschlands. […] ›Laienspielgruppe‹ – so ulkten westliche Geheimdienstler einst über die Ostbüro-Crew. Den SED-Propagandisten hingegen galt die SPD-Abteilung als ›imperialistische Agentenzentrale‹, gegen deren Schnüffler ›die Gangster Chicagos

Stümper‹ waren. […] In seiner Dissertation ›Das Ostbüro der SPD 1946-1958. Ein Nachrichtendienst im geteilten Deutschland‹ hält der Autor Wolfgang Buschfort, 29, zwar viele allzu blütenreiche Spionage- und Sabotagevorwürfe für ›eindeutig unbegründet‹ […] Die 591-Seiten-Arbeit enthüllt unangenehme Erblasten. Das Ostbüro, so der Befund des Wissenschaftlers, arbeitete ›im konspirativen Bereich stark‹ mit den deutschen und westlichen Geheimdiensten zusammen; infiltrierte, von staatlichen Stellen geduldet und gefördert, im Rahmen seiner ›Inlandsaufklärung‹ politische Extremistengruppen; sammelte Informationen über drei Millionen DDR-Bürger, um nach einer Wiedervereinigung ein ›besseres Nürnberg‹ zu ermöglichen; schickte Kuriere und V-Leute in den illegalen Propagandakampf gegen das Ulbricht-Regime. […]

Über die damals noch offene Grenze schafften Kuriere Propagandamaterial. Kundschafter sondierten bei Vertrauensleuten die politische Lage. Darüber wurden Protokolle gefertigt […]. Der frühere V-Mann Heinz Richter schätzt, dass insgesamt 800 Menschen ›aufgrund der vom Westen organisierten Nachrichtenbeschaffung wegen Spionage‹ verurteilt worden sind. […] Seine Partei war nun entschlossen, ›Instrumente‹ einzusetzen, die ›in der Sozialdemokratie nicht die normalen waren: Geheimdienst, Zersetzung, Propaganda‹. […]

Berichte von Informanten und Mitarbeitern wurden konsequent mit einem Decknamen und Tarnkürzel versehen – ›K 067 farbe‹ beispielsweise brachte im Juli 1953 bei Fahrten durch die DDR rund 12 000 Flugblätter in Umlauf […] übten sich im Umgang mit Geheimtinte und Mini-Kameras und schickten mit Schriften […] beladene, selbstplatzende Ballons über die Grenze. Meteorologen hatten zuvor die günstigsten Windverhältnisse errechnet. Die Zielgenauigkeit war so groß, dass bei einer SED-Kundgebung Zettel aus dünnem Bibelpapier über dem DDR-Ministerpräsidenten Otto Grotewohl herabregneten. Spezialisten fälschten Ausweiskarten des Schweizerischen Roten Kreuzes; mehrere Funktionäre trugen, angeblich aus Sorge vor Anschlägen, Waffen.«

Hallo, Udo! Erinnern Sie sich: »Gitarren statt Knarren!«

Und wer erlässt heute »Richtlinien«?

Die »Firma« heißt nicht »Staatssicherheit«, sondern »Staatsschutz«. Das *Handelsblatt* vom 18. August 2011: »Berlin. Die Serie von Brandanschlägen auf Autos in Berlin geht weiter. Es brannte in den Stadtteilen Charlottenburg und Tiergarten. Der Staatsschutz habe die Ermittlungen aufgenommen.«

Offiziell kümmert sich der Staatsschutz von heute um »echte Staatsschutzdelikte«, wie Friedensverrat, Hochverrat, Gefährdung des demokratischen Rechtsstaats und Beleidigungen und Verleumdungen gegen Politiker.

Biermann an die Front

Möglicherweise hatte die »Hinterm-Horizont«-Arrangeure das Gefühl befallen, ihre Stasi-Story sei für die Schüler doch nicht der letzte Schrei, und deshalb schickten sie Wolf Biermann an die Front.

Ich zitiere wieder das Lehrbuch: »Der Fall Wolf Biermann – Einer der prominentesten Kritiker der SED-Machthaber war der Liedermacher Wolf Biermann. In vielen seiner Texte setzte er sich kritisch mit den politischen und gesellschaftlichen Widersprüchen in der DDR auseinander. Die Staatssicherheit bescheinigte seinen Texten einen ›politisch-ideologisch zersetzenden Charakter‹.

Die Stasi-Ballade
Wolf Biermann

Menschlich fühl ich mich verbunden
mit den armen Stasi-Hunden
die bei Schnee und Regengüssen
mühsam auf mich achten müssen
die ein Mikrofon einbauten
um zu hören all die lauten
Lieder, Witze, leisen Flüche
auf dem Klo und in der Küche –
Brüder von der Sicherheit
Ihr allein kennt all mein Leid
Ihr allein könnt Zeugnis geben
wie mein ganzes Menschenstreben

leidenschaftlich zart und wild
unsrer großen Sache gilt
Worte, die sonst wär'n verscholln
bannt ihr fest auf Tonbandrolln
und ich weiß ja! Hin und wieder
singt im Bett ihr meine Lieder –
dankbar rechne ich euch's an:
die Stasi ist mein Ecker
die Stasi ist mein Ecker
die Stasi ist mein Eckermann [...]

Dem folgte ein Copyright-Zeichen, das darauf verweist, dass der Autor Eigner aller Rechte an diesem Text ist: © 1967 by Wolf Biermann. Was meine Blicke auf das Schild über meinem Schreibtisch lenkte – nur kein Prozess! Aber ich beruhigte mich: Wenn es im Udo L.-Lehrbuch steht, müssen es ja auch die Schüler lesen und vielleicht sogar abschreiben.

Ich las weiter: »In den 70er Jahren machten ihn Auftritte in den ›feindlichen‹ Westmedien weit über die DDR hinaus bekannt. Dieser Bekanntheitsgrad schützte ihn, anders als viele andere Oppositionelle, vor der Inhaftierung. Und so wurde ihm 1976 – gegen seinen Willen – nach einem Auftritt in Köln die Wiedereinreise in die DDR verweigert und die DDR-Staatsbürgerschaft aberkannt. Dies löste eine bis dahin nicht vorstellbare Solidaritätswelle unter den Künstlern und Intellektuellen der DDR aus. Allerdings reagierte der Staat hierauf erneut mit starken Repressionen und machte so die Hoffnung auf eine dauerhafte Liberalisierung wieder zunichte.«

Und diesen Enthüllungen folgten wieder Aufgaben, die die Lehrer den Schülern stellen sollen: »1. Arbeiten Sie aus Wolf Biermanns Stasi-Ballade (siehe Kasten) die gegen ihn eingesetzten Überwachungsmethoden heraus. Diskutieren Sie in der Klasse die Frage, weshalb Biermann daran nicht zerbrochen ist, sondern – im Gegenteil – noch eine bitterböse Ballade darüber schreiben konnte.«

Das las ich zweimal und stellte mir meinen Urenkel vor, der eben in die zweite Klasse aufrückte und der nun Biermannsche »Überwachungsmethoden« erfinden soll. Einfälle hat er, aber ist es nicht vielleicht doch zu viel verlangt? Mikrofon in der Brotmaschine? Betäubungsgift in der Marmelade? Ein Handy unter der Matratze? Oder eins als Zahnputzglas getarnt? Aber er hätte ja noch weitere Aufgaben zu lösen:

»2. Lesen Sie sich die MfS-Richtlinie Nr. 1/76 (siehe Kasten S. 14) aufmerksam durch. Versuchen Sie, sich in die Rolle eines von diesen Maßnahmen betroffenen, kritischen jungen Menschen hineinzuversetzen. Schreiben Sie in dieser Rolle einen Brief an den Staatsratsvorsitzenden der DDR, Erich Honecker. Begründen Sie darin Ihr Recht auf freie Meinungsäußerung, auch für den Fall einer sehr kritischen Haltung dem Staat gegenüber. Erläutern Sie Ihre persönliche Betroffenheit von den Maßnahmen der Staatssicherheit.«

Dazu wäre er wohl doch noch zu klein. Da käme eher das Mädchen infrage, das morgens immer im dritten Stock zusteigt, wenn ich die Zeitungen hole. Aber die könnte fragen, wer Honecker ist oder war, denn zwischen dessen Tod und ihrer Geburt könnten fünf Jahre liegen. Und wenn sie es dennoch wüsste, müsste der Lehrer sie fragen, wer ihr was von Honecker erzählt hatte, und hätte damit ausgelöst, was er doch um jeden Preis vermeiden soll!

Die Liste der Aufgaben war aber immer noch nicht zu Ende: »3. Bereiten Sie in kleinen Gruppen Kurzpräsentationen vor. Recherchieren Sie dazu […] auf der Seite des Bundesbeauftragten für die Stasi-Unterlagen der ehemaligen DDR (BStU) mehrere Fallbeispiele für den in den achtziger Jahren zunehmenden Widerstand in der DDR.«

Udo! Das liegt aber nun wirklich »hinterm Horizont«! Fallbeispiele? Für den Widerstand? Inszeniert von den Veteranen des Ostbüros?

Und die Schüler?

Plötzlich wurde mir klar: Ich müsste auch herauszufinden versuchen, wie denn die Schüler auf das Musical reagierten, und ob er das wirklich ernst gemeint hatte, oder ob irgendwelche übereifrigen Politniks das Spektakel hinter seinem Rücken eingerührt hatten. Die erste Hürde für mehrere Besuche waren die Eintrittspreise. Ganz vorne kostete es 93,89 Euro und ganz hinten auch noch 47,89 Euro. Das würde mein Unkosten-Budget sprengen, zumal das Zeilenhonorar solche Summen nie ausgleichen würde.

Also stöberte ich nach Rezensionen und fand als Erstes die *Berliner Morgenpost* vom 15. September 2011: »Für Udo Lindenberg war es wohl einer der ungewöhnlichsten Auftritte seines Lebens. Am Mittwochvormittag, einer Zeit, zu der er normalerweise noch im Hamburger Hotel Atlantic im Bett liegt, stand der 65 Jahre alte Rocker vor 1800 kreischenden Teenagern und präsentierte eine Unterrichtsbroschüre. Die Schüler aus Berlin und Brandenburg waren die Ersten, die das Musical ›Hinterm Horizont‹ im Theater am Potsdamer Platz als Schulstunde testen konnten. Um die jüngste deutsche Geschichte zu behandeln, sollen die Lehrer mit ihren Klassen künftig in Berlin nicht nur das Stasigefängnis in Hohenschönhausen, sondern auch die schillernde Welt des Musicaltheaters am Potsdamer Platz besuchen können. Passend zum Bühnenstück hat das Landesinstitut für Schule und Medien Begleitmaterial für die Lehrer erarbeitet.

Und Udo Lindenberg will den Jugendlichen zeigen, dass die deutsche Geschichte mehr ist als nur trockene Zahlen in den Büchern, nämlich ›Power, Action und Rock'n'Roll‹, wie er selbst sagte.

›Die Musik ist nicht so oberflächlich wie heute oft und die Texte sind toll‹, sagt Paul von der Flatow-Schule in Köpenick. [...] Für ihn ist Udo Lindenberg kein Unbekannter. Mit der Musik ist er praktisch groß geworden. Seine Eltern haben das Musical schon gesehen. Und sie meinten, dass nicht alles so gewesen sei wie in dem Stück. Beispielsweise die Darstellung der DDR-Sportler. Na ja, sagt der 18-Jährige, ihm sei klar, dass nicht alles ganz Ernst sei und dass vieles auch überspitzte Satire sei.« [...] Damit stand zumindest fest: Der Udo hatte eine fette Aktie an diesem Projekt, mindestens so eine wie bei seinem Honecker-Meeting.

Und dann fand ich heraus, dass Stefan Kuzmany im *Spiegel* schon vor Monaten, am 14. Januar 2011, geschrieben hatte: »Deutschland, einig Udo-Land? Das Lindenberg-Musical in Berlin ist ein musikalisch nicht ganz überzeugender Comic zur deutsch-deutschen Geschichte – der aber durchaus Laune machen kann. Um Udo Lindenberg geht es darin weniger, dafür spielt die *Bild*-Zeitung eine verdächtig wichtige Rolle.«

Da stutzte ich nicht: Dass *Bild* mit von der Partie sein würde, konnte niemanden erstaunen.

»Der Vorhang hat sich noch nicht gehoben, da fließen schon die ersten Tränen. Gerade hat Udo Lindenberg persönlich zum Publikum gesprochen, vom Tonband zwar nur, man solle doch die Mobiltelefone ausschalten, keine Tonbandaufnahmen machen, und auch kein

›Knipsefix‹, keine Fotos, übersetzt er – aber immerhin: den ersten Udo-Wortwitz des Abends hätten wir geschafft. Dann: Schwarzweiße Doku-Aufnahmen aus der Zeit, als Deutschland noch geteilt war. Ja, so war das damals […]

›Hinterm Horizont‹, das Udo-Lindenberg-Musical im Theater am Potsdamer Platz in Berlin, Premiere eigentlich geplant für November 2010, aber dann verschoben auf Januar 2011. Das Vorbild der Hauptfigur war zunächst angeblich nicht zufrieden mit dem Gesang. Mal sehen.

Die Story basiert auf Episoden aus dem realen Lindenberg-Leben, insbesondere auf seinen Erlebnissen mit und in der DDR. Fürs Musical hat sie Thomas Brussig in Dialoge gefasst – mit lustigen Darstellungen des Realsozialismus kennt der sich aus […]

Aber bevor abgetaucht werden kann in die irre Udo-Zeit mit Sonderzug und Gitarren statt Knarren, muss noch schnell eine Rahmenhandlung her, und die geht so: Wir befinden uns in einer heutigen Zeitungsredaktion. Kachelmann-Scherz, Boris-Becker-Besenkammer-Scherz, iPad-Scherz, Aktualität! Junge Journalistin recherchiert zu einem alten Foto: Wer ist die junge Frau, die Udo L. in Ost-Berlin am Tag seines Auftritts im Volkspalast im Oktober 1983 geküsst hat? Schnell gefunden: eine gewisse Jessy, heute (in der gealterten Version gespielt und gesungen von Anika Mauer) unglücklich verheiratet und Mutter eines rebellischen Sohnes, damals (in der jungen Version gespielt und gesungen von Josephin Busch) zwar bei der FDJ, dabei aber doch sehr systemkritisch.

Jessy erinnert sich, die Geschichte ihrer Romanze mit Lindenberg (Serkan Kaya) wird in Rückblenden erzählt. Da tanzen FDJ-Mädchen im Minirock zu ›Boogie-Woogie-Mädchen‹, Elmar, der freiheitsliebende Bruder Jessys, springt zu ›Ich bin ein Rocker‹ übers Sofa im heimischen Plattenbau-Wohnzimmer, uniformierte Stasi-Offiziere singen ›Straßen-Fieber‹, in ›Moskau‹ steigt eine Liebesnacht und ›Hinterm Horizont‹ geht's dann auch noch weiter: insgesamt 26 Lindenberg-Songs werden getanzt und gesungen, manche davon nur angespielt, alle irgendwie in die Handlung verwoben, bis es dann zur deutsch-deutschen Wiedervereinigung kommt und auch zur Familienzusammenführung von Udo, Jessy und einem lange geheimgehaltenen Udo-Jessy-Sohn.

Man ahnt schnell, warum so lange geprobt werden musste: Zwar rockt die Liveband ordentlich ab hinter und manchmal auch auf der Bühne, doch der jungen Jessy-Darstellerin Busch bleibt dabei öfter mal die Luft weg – jedenfalls in der für diesen Artikel besuchten Vorpremiere. Etwas besser ergeht es da zwar dem Lindenberg-Imitat Kaya, aber dem wird ja auch nicht viel mehr abverlangt als möglichst so vernuschelt zu singen wie das Original und dabei authentisch zu torkeln. Die kleinen, vielleicht der Aufregung geschuldeten Schwächen machen aber wenig aus, denn wie bei Lindenbergs Songs geht es hier in Wahrheit nicht um hohe Musikalität, sondern um die Einstellung.

Und da kann die Truppe durchweg überzeugen: Mit großer Spielfreude und höchst sympathisch geht das gesamte Ensemble zur Sache, die so tatsächlich eine runde wird, wenn man sich denn darauf einlassen mag. Lindenbergs Wortwitz ist so legendär wie mittlerweile abgegriffen, aber in diesem Kontext und mit der richtigen Laune kann man die in die Dialoge eingebauten Versatzstücke aus seinen Songtexten durchaus noch mal witzig finden: die ›Olga von der Wolga‹ oder die ›bodenlose Lodenhose‹, in welcher, was sonst, ›die Hoden‹ hängen, und zwar ›lose‹. Nun ja, das muss einfach sein, ist ja schließlich ein Lindenberg-Musical.

Bemerkenswert sind jedoch insbesondere: Der Schauspieler Thomas Schumann, der als Jessys Vater und in zwei weiteren Nebenrollen hoch präsent ist. Dazu der eigentlich als Synchronsprecher und Dialogautor (›Die Zwei‹) legendäre Rainer Brandt, der den trotteligen Stasi-Minister mit perfektem Timing auf die Bühne bringt. […] Und schließlich die Kostümbildnerin Ilse Wetter. Sie hat den Darstellern so erschreckend authentische DDR-Klamotten und Frisuren verpasst, dass man glaubt, diese bedauernswert hässlichen Wesen seien gerade erst einem zeitreisenden Trabi entstiegen.«

Verhältnis mit *Bild*

»Ein wenig penetrant schiebt sich hingegen die ›Bild‹-Zeitung auf die Bühne. Schon Wochen vor der Premiere des Musicals machte sie mit ganzen Artikelserien Werbung für ›Hinterm Horizont‹, dennoch ist es etwas überraschend, dass die mutmaßliche Medienpartnerschaft sogar so weit geht, ihr gleich mehrere Auftritte ins Skript zu schreiben. Der jüngst von dem Blatt auf der Titelseite veröffentlichte ›Karriereplan‹ Lindenbergs, vor langen Jahren auf eine papierne Tischunterlage gekritzelt, wird auch im Musical groß eingeblendet, mit besonderem Zoom auf die Notiz, ›*Bild* geschmeidig‹ – das soll wohl bedeuten, Udo L. habe von Anfang an in bester Freundschaft mit dem Boulevardblatt gelebt.

In Lindenbergs Autobiografie ›Panikpräsident‹ ist vom Wohlwollen des Springer-Verlags für den Rocker noch nichts zu lesen. Im Kapitel über den (im Musical zentralen und gefeierten) Auftritt im Palast der Republik schreibt Lindenberg über das Presseecho zu seinem DDR-Engagement: *Die Welt* giftet: ›Marketing eines gefallenen Friedensengels. Der Popclown als Hiwi der Waffen SS 20.‹ […]

Wenn Udo Lindenberg also im Interview sagt, man habe ›großen Wert darauf gelegt, nicht nur Trallala und nicht nur Hits, sondern eine echte Geschichte zu erzählen, wie es wirklich war‹, und der RBB von diesem Musical als einer ›realen Geschichte‹ berichtet, dann muss, bevor das Bühnenwerk bald offiziell als historische Darstellung der deutsch-deutschen Historie gilt, doch noch angemerkt werden, dass das von Lindenberg verehrte reale ›Mädchen aus Ost-Berlin‹ nach seiner eigenen Darstellung nicht blond, sondern schwarzhaarig war, und auch keine systemkritische Rebellin, sondern eine überzeugte Kommunistin, die dann doch lieber einen NVA-Offizier geheiratet hat als zu ihm rüberzumachen. Unwahrscheinlich auch, dass ihr die Bösewichter von der Stasi in den schwangeren Bauch geboxt haben, um sie zur Stasi-Mitarbeit zu zwingen – so wie im Musical.«

Eine aufschlussreiche Eröffnung: Selbst der *Spiegel* mochte nicht glauben, was Udo und Brussig da erfunden hatten: Stasi-Agenten, die Schwangeren in den Bauch prügeln! Da sind ihnen die Pferde durchgegangen!

»Spätestens jedoch, wenn im Musical die Mauer fällt und Hajo Friedrichs' historische *Tagesthemen*-Sendung eingeblendet wird, wenn Ampelmännchen über die Bühne laufen und Sandmännchen aus beiden Teilen Deutschlands zueinander finden, wenn im Publikum allseits Tränen fließen der Erinnerung und der Rührung, wenn alten Fernsehbildern applaudiert wird und dem Udo-Darsteller, der sagt: ›Jetzt brauchen wir nur noch die Reste der Mauer in unseren Köpfen wegzukloppen‹ – dann ist klar: Um Udo Lindenberg geht es sowieso nicht im Udo-Lindenberg-Musical. Es geht um Deutschland Ost und Deutschland West und Deutschland einig Vaterland. Und ums Gefühl. Auch wenn es nicht ganz so gewesen ist.«

Man möge mir verzeihen: Dass wir nie auf die Idee gekommen waren, ein Mauer-Musical im Palast der Republik aufzuführen, ließe sich im Nachhinein monieren!

Wie umschreibt man »vögeln«?

Es blieb mir nichts anderes übrig: Ich musste zurück zum Lehrbuch. Nächste Lektion oder in den Container mit der Schwarte!

Udo, hattest du das gelesen und erfasst, was die eigentlich wollen?

Zum Beispiel: »Beenden Sie bitte folgende Halbsätze: Für mich ist Jessys Liebe zu Udo Lindenberg ...« – ein Fehltritt im wahrsten Sinne des Wortes.

Dann: »Die Mauer kann auch stehen für ...«. Da fiel mir was ein: »... antifaschistischer Schutzwall«.

Ich sah in »erstarrte« Gesichter. Oder sollte ich schreiben »verstörte«, oder »entgeisterte«? Ich war sicher, in keinem Fall eine »1« angeschrieben zu bekommen.

Nächste Lehrbuch-Aufgabe: Den Satz beenden »Die DDR versuchte meiner Meinung nach ...« – »... nicht in Afghanistan einzumarschieren«. Ich war mir sicher: blanke »5«.

Schluss damit!

Oder den Halbsatz noch vollenden: »Wäre ich Jugendlicher in der DDR gewesen, hätte ich ...« – »... vorgeschlagen, die Schach-Weltmeisterschaft in der DDR auszutragen«.

Wieder erschütterte Mienen!

Also weiter: »5. Verfassen Sie einen kurzen, fiktiven Brief, den Jessy an Udo Lindenberg schreibt, nachdem sie erfahren hat, dass sie schwanger ist. Verschlüsseln Sie den Brief dann so, dass die Stasi beim Öffnen nicht gleich den Inhalt erfährt.«

»Liebster Udo,

alles in der DDR ist zauberhaft, und ich schreibe es Dir, obwohl Du das weißt und es auch jeden Tag besingst. Und so wunderschön besingst, dass man nachts davon träumt. Und nicht nur davon.

Ich bin wohlbehalten wieder nach Hause gekommen und habe noch lange von dem großen Erlebnis gezehrt, dass ich Dir zu verdanken hatte und das einmalig war, auch wenn wir zwei es miteinander genießen konnten und dazu natürlich noch Hunderte oder Tausende, wenn nicht gar Millionen, wenn man alle, die an den Bildschirmen saßen, dazuzählt. Allerdings konnten die nicht das alles erleben, was wir erlebten, und wenn ich das schreibe, kannst du dir ausmalen, was ich meine. Übrigens: Nicht nur ausmalen und auch nicht nur nachträumen, denn man hört dann oft nicht nur den Gesang von Vögeln, was manchmal ganz irre Folgen haben kann und auch hatte.

Dennoch war alles wunderschön und noch viel wunderschöner, als Du den Hut abnahmst und zur Sache kamst. Ich hoffe, dass wir uns bald wiedersehen und nicht nur sehen.«

Ich las das einige Male und bildete mir ein, dass ich dafür mindestens ein »gut« abfassen würde, denn wer behauptet, diese Stasi-Typen hätten das so gut versteckte »vögeln« finden können, überschätzt sie maßlos. Zugegeben, wenn ich »bumsen« oder »stöpseln« geschrieben hätte, wären sie vielleicht misstrauisch geworden, aber so? Auf keinen Fall.

Ich suchte allerdings diese Frage noch mal, weil mir doch Zweifel gekommen waren, ob Udo oder jemand bei

LISUM oder bei Stage Center tatsächlich auf die Idee gekommen sein könnte, Schülern eine solche Frage zu stellen. Ich fand sie: Auf Seite 44, erste Spalte ganz unten.

Und wer so etwas als Schul-Aufgabe stellt, kommt auch auf die Idee, auf dieser ernst gemeinten Seite – »Unterrichtsvorschläge zur Nachbereitung des Musicals HINTERM HORIZONT« – Folgendes zu verlangen:

»10. Bilden Sie Vierergruppen. Recherchieren Sie dann in den Texten dieses Heftes und intensiv auf den dort angegebenen Internetseiten (S. 48) zu einem der Themen:

Udo Lindenberg, Stasi, Berliner Mauer und DDR. Erstellen Sie danach ein strukturiertes DIN-A1-Lernplakat, das die wesentlichen Informationen zum jeweiligen Thema gliedert und visualisiert. Fertigen Sie aus den Lernplakaten eine begehbare Klassenausstellung.«

Und auch dies ist ernst gemeint: »11. Eine Gruppe von sieben Schülern sitzt in der Klassenmitte und ist von den anderen Kursmitgliedern umgeben. Drei Schüler vertreten die Pro-Seite, drei andere die Contra-Seite. Eine/r ist Moderator/in. Sie diskutieren nacheinander folgende Thesen:

Die DDR hatte viele gute Seiten.

Die Mauer hat auch zum Frieden beigetragen.

Udo Lindenberg hat zum Fall der Mauer beigetragen.

Das Musical *Hinterm Horizont* ist langweilig.

Jessy hatte keine andere Wahl, als bei der Stasi mitzumachen.

Die DDR-Zeit und die Mauer spielen doch heute gar keine Rolle mehr.

SchülerInnen aus dem Innenkreis können aus der Diskussion aussteigen, interessierte Zuhörer aus dem Außenkreis können hineinwechseln (Fish-Bowl).«

Den Rest der »Unterrichtsvorschläge« legte ich zur Seite. Für alle Fälle.

Überraschung bei einem Lehrer

Dann machte ich mich auf den Weg, denn auf Seite 40 war folgende Aufgabe gestellt worden: »Finden Sie einen Menschen in Ihrem Familien- oder Bekanntenkreis oder in Berlin, der die DDR noch bewusst erlebt hat und zu einem Interview bereit ist. Stellen Sie bitte folgende Fragen:

1. Wie hat sich Ihr Leben in der DDR von Ihrem heutigen Leben unterschieden?
2. Wie hat die DDR Ihre Jugend beeinflusst?
3. Welche Musik haben Sie in der DDR gehört? Auch Udo Lindenberg?
4. Welche Erfahrungen hatten Sie mit den Behörden der DDR?
5. Wie haben Sie den Tag des Mauerfalls erlebt?
6. Eigene Frage des Interviewers/der Interviewerin
7. Wie beurteilen Sie aus heutiger Sicht die DDR?«

Ich erinnerte mich einer Familie, die bei einer Schiffsreise an Bord der »Völkerfreundschaft« in der Kabine neben unserer logierte. Er war Lehrer und sie Lehrerin. (Wer da losbrüllen wollte: »Die durften mit der ›Völkerfreundschaft‹ fahren? Müssen Bonzen gewesen sein!«, mag brüllen, so lange er will. Tausende waren dort im Laufe der Jahre an Bord!)

Ich rief den Lehrer an. Er freute sich. Als ich mit meinem Anliegen rausrückte, schien ihn Skepsis zu befallen. »Udo? Und der stellt Fragen? Und ich soll antworten?«

Ich versprach, ihm alles zu erklären, und stieg in die S-Bahn.

Sie empfingen mich freundlich, ich legte das »Lehrbuch« auf ihren Tisch. Sie staunten über das Honecker-Bild, dann las ich ihnen vor, worum es ging, und erklärte, dass ich gekommen war, weil Udo L. schließlich auch mich ersucht hatte, jemanden zu finden, der die DDR »noch bewusst« erlebt hat.

Mein Freund dachte nach und sagte dann: »Auszeit!«

Ich muss ein verstörtes Gesicht gemacht haben, denn er fügte eilig hinzu: »Das richtet sich nicht gegen dich, aber wenn jemand auf solche Fragen kommt, beginne ich zu rätseln, ob er nicht ganz richtig tickt oder einen Spaß machen will. Im Grunde wäre ich dafür, darauf mit der Gegenfrage zu antworten, wann der Mann im Mond Geburtstag haben könnte, aber lass mich drei Tage nachdenken. Dann haben wir zum Kaffee auch Kuchen.« Ich trollte mich.

Als ich wieder bei ihm vorsprach, hatte seine Frau tatsächlich Käsetorte aufgetragen.

Er hatte einen Stapel Papier vor sich. »Die rechnen doch mit schriftlichen Antworten!«

Er hatte die Fragen sortiert.

»Wie hat sich Ihr Leben in der DDR von Ihrem heutigen Leben unterschieden? Da wäre vor allem ein Brief zu erwähnen.

Den erhielt ich am 7. Mai 1992, und sein Inhalt lautete: ›Sehr geehrter sowieso, hiermit wird Ihr Arbeitsverhältnis mit einer Frist von 3 Monaten zum 30.09.1992 ordentlich gekündigt. Die Kündigung erfolgt aus personenbedingtem Grund.

Gemäß Einigungsvertrag ist die ordentliche Kündigung eines Arbeitsverhältnisses in der öffentlichen Verwaltung zulässig, wenn der Arbeitnehmer wegen mangelnder persönlicher Eignung den Anforderungen nicht entspricht (Gesetz vom 23. September 1990 zu dem Vertrag vom 31. August 1990 zwischen der Bundesrepublik Deutschland und der Deutschen Demokratischen Republik über die Herstellung der Einheit Deutschlands – Einigungsvertragsgesetz – und der Vereinbarung vom 18. September 1990 (BGE1. II 5. 885, Artikel 20 Abs. 1, Anlage I Kapitel XIX Sachgebiet A Abschnitt III Nr. 1 Abs. 4 Satz 1 Nr. 1).

Das Grundgesetz, in der Auslegung durch die höchstrichterliche Rechtsprechung, verlangt von Lehrern und Erziehern im öffentlichen Dienst, dass diese die Gewähr dafür bieten, sich durch ihr gesamtes Verhalten jederzeit für die freiheitliche demokratische Grundordnung einzusetzen und deren Grundwerte den ihnen anvertrauten Schülern glaubwürdig zu vermitteln. Ist diese Gewähr nicht gegeben, so fehlt es an der persönlichen Eignung für die Tätigkeit als Lehrer oder Erzieher. Die Würdigung der gesamten Umstände Ihres beruflichen und politischen Werdegangs unter Einbeziehung des Ergebnisses Ihrer Anhörung vor der Überprüfungskommission hat ergeben, dass Sie diese Voraussetzung nicht erfüllen.

Sie haben eine leitende Funktion in einer Einrichtung der DDR im Bereich Volksbildung wahrgenommen. Dadurch haben Sie sich mit Zielsetzungen des Systems der DDR identifiziert, die mit denjenigen des Grundgesetzes nicht zu vereinbaren sind. Ein Bruch mit dieser Identifikation durch Entbindung von Ihrer Funktion, Beendigung aus eigenem Entschluss, langen Zeitablauf nach dem Ende der Funktion oder durch einen anderen Umstand ist nicht gegeben. Deshalb war Ihr Arbeitsverhältnis zu kündigen.‹

Danach bemühte ich mich lange um einen Job, schrieb genau 287 Bewerbungen und bekam auch einen. Der Vertrag galt zunächst für sechs Monate und wurde dann um sechs weitere Monate verlängert. Ich hatte die Aufgabe, in einer Straße, die in einem Neubauviertel in Berlin zu DDR-Zeiten angelegt worden war, die zu beiden Seiten der Straße angelegten etwa 1,8 Kilometer langen Rasenflächen zu mähen.«

Er machte eine Pause und sprach dann weiter: »Die zweite Frage von denen ließ mich ins Grübeln geraten. ›Wie hat die DDR Ihre Jugend beeinflusst?‹ Was ließe sich darauf antworten? ›Positiv‹? Oder: ›Optimistisch‹? Oder: ›Zukunftsgläubig‹? Oder: ›Siegesbewusst‹?

Nichts davon würden die akzeptieren! Könnten wir die überhaupt überzeugen? Bestimmt nicht. Zumal: Meine Jugend war schon fast vorüber, als die DDR entstand. Also dachte ich mir: Gesetzt den Fall, ich wäre erst geboren, nachdem die DDR ausgerufen worden war. Dann müsste ich ihnen schildern, wie es mir in einer Krippe ergangen wäre – oder wir kümmern uns um die Käsetorte. Der Gedanke mit der Krippe kam mir, als ich mich erinnerte, dass meine Tochter in einer Teltower Kita Tränen getrocknet und stinkende Windeln gewechselt hatte.

Und dann fiel mir der *Freitag* vom 15. September in die Hand, und ich las den Artikel eines Felix Berth, der Redakteur der *Süddeutschen Zeitung* ist. Und da kam mir der Gedanke: Den sollte Udo mal zur Einführung lesen.«

Berth schreibt: »Im Jahr 1962 begann in der amerikanischen Kleinstadt Ypsilanti, Michigan, ein Experiment. 58 Jungen und Mädchen aus einem armen Stadtviertel durften einen kostenlosen Halbtags-Kindergarten besuchen. Das Projekt war pädagogisch ambitioniert, schien aber nicht unbedingt revolutionär: Besonders gut ausgebildete Lehrer sollten Kindern aus armen Familien einen guten Start ins Schulleben ermöglichen. Nach zwei Jahren war diese *Perry Preschool* beendet, und die Kinder wechselten in die erste Klasse der benachbarten Grundschule. Scheinbar nichts Spektakuläres.

Doch im Jahr 2011 reist nun ein Nobelpreisträger um die Welt und verkündet, dass das Experiment von Ypsilanti lohnender sei als jede andere Sozialpolitik: ›Die *Perry Preschool* hatte ungeheure Vorteile – sie war hilfreich für die Kinder und extrem lohnend für Staat und Gesellschaft‹, sagt James Heckman, Nobelpreisträger für Ökonomie.

Und die Zeitschrift *Science*, weltweit eine der wichtigen Publikationen für Forschungsergebnisse, stellt das Experiment von Ypsilanti in den Mittelpunkt einer aktuellen Ausgabe: ›Das Ergebnis der Preschool von Ypsilanti ist, dass die Gesellschaft für jeden Dollar, der dort investiert wurde, bis zu 16 Dollar gespart hat, weil die Kinder später besser in der Schule abschneiden, bessere Jobs finden und seltener im Gefängnis landen‹, so *Science* im August 2011.

Nun lassen sich die Folgen sozialer Projekte mit Rechentricks schönen. Die Erfolgsbilanz von Ypsilanti aber zählt zum Robustesten, was die Sozialwissenschaft in diesem Bereich liefert. Denn neben den 58 Kindern in der Preschool gab es eine gleich große Gruppe von Kindern, die aus dem gleichen Milieu stammten, aber nicht in der Kita gefördert wurden. Deshalb können die Wissenschaftler heute, Jahrzehnte später, vergleichen: Wie entwickelten sich die Kinder aus der *Preschool*? Und was wurde aus der Kontrollgruppe?

Die Unterschiede sind enorm. Zum Beispiel bei der Kriminalität: ein Drittel weniger Eigentumsdelikte in der Experimentalgruppe, ein Drittel weniger Gewaltverbrechen, halb so viele Morde und 60 Prozent weniger Drogenkriminalität. Entsprechend verteilten sich die Haftstrafen. Die Jungen aus der *Perry Preschool* waren bis zu ihrem 40. Geburtstag im Schnitt 27 Monate inhaftiert – nicht gerade wenig. Doch diejenigen, die ohne das Kita-Programm ins Leben starteten, kamen auf deutlich höhere Werte. Sie brachten es auf durchschnittlich 45 Gefängnismonate – beinahe doppelt so viele.

Und weil den modernen Staat kaum etwas so teuer kommt wie die Kriminalität seiner Bürger, stellen Ökonomen wie James Heckman ihre Erfolgsbilanzen auf.«

Die Käsetorte mundete, und mein Freund schien mir auf dem richtigen Pfad: Entweder gar nicht antworten, oder überzeugend. Ein Beispiel aus den USA würde ihnen gefallen, nur: was hatte die DDR damit zu tun?

Der Freund lächelte siegesbewusst: »Jetzt der Report, an dem die *Hinterm-Horizont*-Strategen ersticken könnten …« Ich war gespannt. Er holte einen Brief hervor. Absender war seine in Prag lebende Tochter Petra.

»Lies selbst!«

Schon die Titelseite machte mich sprachlos: »Zur Situation der Kinderkrippen in den neuen Bundesländern.

Expertise für den 9. Jugendbericht der Bundesregierung im Auftrag des Deutschen Jugendinstituts München – Hans-Joachim Laewen, Beate Andres, Mai 1993.

Zusammenfassung – Die Vereinigung der beiden deutschen Teilstaaten hat zwei sehr unterschiedliche Systeme der Frühsozialisation zusammengeführt. Während sich in den Ländern der alten Bundesrepublik Kernfamilie und Großeltern die Betreuungsaufgabe für Kinder unter drei Jahren im Wesentlichen teilen, standen 1989 in der DDR für 55,6 Prozent der Altersgruppe Krippenplätze zur Verfügung, berücksichtigt man das von fast allen Müttern in Anspruch genommene Babyjahr, für mehr als 80 Prozent der ein- und zweijährigen Kinder. Nur knapp zwei Prozent der unter dreijährigen Kinder können demgegenüber in der alten Bundesrepublik in einer Krippe betreut werden. Rechnet man die Plätze in staatlich kontrollierten und nicht-kontrollierten Tagespflegestellen hinzu, kommt man auf einen Versorgungsgrad von maximal sechs Prozent der Altersgruppe.«

Weiter: Blanke Wahrheit

»In den neuen Bundesländern hat seit der Wende in zunächst begrenztem, seit 1992 beschleunigtem Maß ein Abbau von Krippenplätzen begonnen, der voraussichtlich auch in den nächsten beiden Jahren nicht zum Stillstand kommen wird. Es muss damit gerechnet werden, dass Ende 1995 je nach Bundesland nur noch zwischen 28 und 47 Prozent der 1989 vorhandenen Plätze existieren (Ost-Berlin: 58 Prozent). Im Vergleich mit der alten Bundesrepublik ist dies immer noch ein sehr hohes Niveau. […]

Der Platzabbau ist begleitet von einem erheblichen Personalabbau, der seit knapp zwei Jahren in zunehmendem Maß Unruhe in die Einrichtungen trägt und (zum Schaden der Kinder) zu einer erheblichen Instabilität der Betreuungsverhältnisse führt.

In den Krippen der neuen Bundesländer dürfte in großem Umfang nach den Leitlinien des ›Programms für die Erziehungsarbeit in Kinderkrippen‹ gearbeitet werden, das seit 1987 für alle DDR-Krippen verbindliche Grundlage der pädagogischen Arbeit war. Eine der wesentlichen Ursachen dafür dürfte sein, dass entsprechende westliche Alternativen nicht vorliegen und wenn sie vorlägen mit dem verfügbaren Fortbildungsangebot nicht vermittelt werden könnten. Darüber hinaus herrscht in den alten Bundesländern ein eklatanter Mangel an Fachkräften für Krippenpädagogik – eine Folge der Entscheidung gegen die Einrichtung von Krippen in der alten Bundesrepublik.

Das im Westen kaum zur Kenntnis genommene ›Programm‹ enthält dabei neben einem deutlichen Führungs- und Kontrollanspruch der Staatspartei der DDR Elemente einer modernen Frühpädagogik und vermittelt relevante Informationen über die frühen Lern- und Entwicklungsprozesse von Kindern. […] Es wäre dringend zu wünschen, dass die angespannte Lage der öffentlichen Haushalte nicht zu einer so weitgehenden Verringerung des Platzangebots im Krippenbereich der neuen Bundesländer führt, dass nach einem Ansteigen der Geburtenzahlen ein Mangel an Betreuungsplätzen vorhersehbar wird.

Vorbemerkung: Die heute in den fünf neuen Bundesländern und Ost-Berlin noch existierenden Krippen sind Einrichtungen aus der Zeit der DDR, die diesen Bereich der öffentlichen Tagesbetreuung von Kindern unter 3 Jahren in einem weltweit einmaligen Umfang ausgebaut hatte. Wir gehen davon aus, dass ihre heutige Situation ohne Berücksichtigung ihrer Lage zumindest in den letzten Jahren der Existenz der DDR nicht angemessen zu beurteilen ist. Dies betrifft insbesondere den Stellenwert der Krippen im System der Frühsozialisation der DDR, ihr daraus resultierendes Verhältnis zu den Eltern der dort betreuten Kinder sowie die Zahl der Plätze, ihre Organisationsform und die der Tätigkeit der Erzieherinnen in den Krippen zugrunde liegende Pädagogik. […]

1. Zur Situation der Krippen in der DDR – 1950 verfügte die DDR über 8.542 Betreuungsplätze für Kinder unter drei Jahren, davon etwa 50 in Dauerheimen. Bereits zehn Jahre später war das Angebot an Plätzen in Tages- und Wochenkrippen auf das Zehnfache erhöht

worden und wurde bis 1989 kontinuierlich auf schließlich 353.203 Plätze ausgebaut. Das entspricht einem Versorgungsgrad von 56,4 Prozent der Altersgruppe 0 bis unter 3 Jahre. Berücksichtigt man das ›Babyjahr‹, das seit seiner Einführung im Mai 1976 (ab dem 2. Kind) bzw. April 1986 (für das 1. Kind) von fast allen Müttern in der DDR in Anspruch genommen wurde, so standen zuletzt für 82 Prozent der ein- bis unter dreijährigen Kinder Plätze in Krippen zur Verfügung. Für 1990 angestrebt war ein Ausbau auf 90 Prozen der Altersgruppe, der in Berlin mit 91,3 Prozent bereits 1987 überschritten war (Küchler 1987). […]

Allerdings existierten erhebliche regionale Ungleichgewichte im Versorgungsgrad (in den Bezirken Cottbus und Magdeburg über 85 Prozent, Dresden und Chemnitz unter 70 Prozent) insbesondere zwischen den Städten und ländlichen Gebieten, innerhalb der Städte gegenüber Sanierungs- und Neubaugebieten.

Die kontinuierliche Zurücknahme des Anteils der Wochenkrippen, von Einrichtungen also, in denen die Kinder über die Woche auch nachts betreut wurden und erst am Wochenende in ihre Familien zurückkehrten, hing mit den Risiken zusammen, die in teilweise sehr umfangreichen Untersuchungen zur Entwicklung und zum Gesundheitsstatus von Krippenkindern in diesen Einrichtungen gefunden worden waren (vgl. u. a.: Schmidt-Kolmer 1977).

Die Kinder aus Wochenkrippen schnitten deutlich schlechter ab als die in Tageskrippen betreuten Kinder, jedoch um einiges besser als die Kinder aus den Dauerheimen. Seit den 60er Jahren wurden in diesem Zusammenhang in der DDR erhebliche Anstrengungen unternommen, die Plätze in Wochenkrippen und Dauerheimen zugunsten von Tageskrippen abzubauen.

Vergleicht man die Zahl der verfügbaren Krippenplätze mit der Zahl der angemeldeten Kinder, so ergibt sich für 1989 eine Auslastungsquote von 94 Prozent, d. h. das Angebot an Krippenplätzen wurde auch angenommen. […] Ein Motiv für die Einrichtung von Krippen wird in den folgenden Zitaten angesprochen: der Versuch, die alte soziale Forderung nach gleichen Lebens- und Bildungschancen für alle Kinder auch für die frühe Kindheit zu realisieren, verbunden mit der Überzeugung, dass die Familie diese Aufgabe allein nicht lösen könne.

›Die Sorge um das Wohl der Kinder schließt in erster Linie ein, jedem Kind das gleiche Recht auf soziale Geborgenheit, auf eine glückliche Kindheit sowie auf hohe Bildung zu garantieren.‹ (Schönfelder 1989, S. 6)

›[Die Krippen] haben die Aufgabe, durch sorgfältige Pflege, durch fürsorgliche Betreuung und Erziehung die allseitige harmonische Entwicklung und die Gesunderhaltung der Kinder zu sichern. Damit leisten sie ihren der Altersstufe angemessenen Anteil an der Realisierung des sozialistischen Erziehungszieles, der Herausbildung allseitig entwickelter sozialistischer Persönlichkeiten. […] Bei der Erfüllung ihrer Aufgabe arbeitet die Kinderkrippe eng und vertrauensvoll mit dem Elternhaus und dem Krippenarzt zusammen.‹ (Programm für die Erziehungsarbeit in Kinderkrippen 1986, S. 6)

›In einer guten Familie findet das Kind die innige, gefühlsmäßige Beziehung, das individuelle Eingehen, die stetige Beeinflussung, die zur Entwicklung seiner

Gefühle, seines Gemüts, seines Charakters die entscheidende Grundlage bilden. Die Krippe kann und muss die Aufgaben der Familie durch gezielte, planmäßige Pflege, Bildungs- und Erziehungsarbeit ergänzen.› (Schmidt-Kolmer 1976, S. 16).«

Wie es wirklich war

Ich fand, dass der Fall der Krippen klar war, aber er widersprach: »Das ist der Fluch der bösen Tat: Die andere Seite erzählt jeden Tag die gleichen Schnurren und wir versichern, dass es den Kindern gut ging. Sie müssen an den Fakten verrecken, selbst, wenn wir es für langweilig halten. Sie sollen daran erinnert werden, wie es wirklich war! Tag für Tag, nicht weil wir Recht haben wollen, sondern weil wir ihnen Jahrzehnte vorgeführt haben, wie man es macht!«

Ich schwieg. Er fuhr fort: »Warum diese Ergänzung durch die Krippe für notwendig gehalten wird, wird so begründet: ›Die in den Familien von Generation zu Generation weitergegebenen Erfahrungen der Kinderpflege, -ernährung und -erziehung können heute nicht mehr in der alten Form weitergegeben und verwendet werden, da die Industrialisierung, die Entstehung der großen Städte, die Technik usw. die alten Großfamilien und Sippenformen aufgelöst hat. Außerdem entsprechen diese alten Formen auch nicht mehr den gesteigerten Anforderungen an Wissen, Können und Leistung, die an die Kinder und Jugendlichen in der moderneren Welt gestellt werden. Die schnelle Veränderung der Lebensbedingungen macht eine bewusste, planmäßige, wissenschaftlich fundierte Lebensführung und Erziehung im Kindes- und Jugendalter zu einer dringenden Angelegenheit der Gesellschaft. […]‹ (a. a. O., S. 15).

Folgerichtig übernehmen Kinderkrippe und Krippenarzt in Kooperation mit den seit 1950 flächendeckend eingerichteten Mütterberatungsstellen ausdrücklich Mitverantwortung für ›die Gesunderhaltung, die allseitige Entwicklung und die Erziehung der Kinder‹ (§§ 18-20 der Krippenordnung von 1988). Das Prinzip der ›führenden Rolle der Partei der Arbeiterklasse‹ scheint sich in dem Begriff der ›führenden Rolle der Erzieherin‹ im Erziehungsprozess in die Kleinkindpädagogik hinein fortzusetzen. […]

Die Krippen als 1. Stufe des Bildungssystems der DDR – Die Einbindung der Krippen in das sozialistische Gesellschaftssystem wird bereits 1965 durch das Gesetz über das einheitliche sozialistische Bildungssystem geregelt. Die Krippen bilden darin die erste Stufe. […] Innerhalb der Krippe war der Leiterin eine umfassende Verantwortung für alle Bereiche auferlegt. […] Routineaufgaben, die der Erzieherin übertragen waren, z. B. das Prüfen der Temperatur des Essens vor Verabreichung an die Kinder (§ 2.3 der Hygieneordnung), wurden durch die Leiterin kontrolliert. So konnten wir im Frühjahr 1990 eine Leiterin beobachten, die während des Mittagessens durch die Räume ging und mit einem Thermometer die Temperatur der Speisen ermittelte. In Fragen der medizinischen Betreuung der Kinder, für die den Einrichtungen zugeordnete Ärzte (Krippenärzte) verantwortlich waren, hatte die Leiterin Weisungen des Arztes entgegenzunehmen und strikt zu befolgen (§ 18.1 Krippenordnung).

Ebenso wie den bis ins Detail hineinreichenden Hygieneregeln wurde der medizinischen Betreuung ein großer Wert beigemessen. Die Aufgaben des Krippenarztes schlossen eine regelmäßige und umfassende Überwachung des Gesundheitszustandes der Kinder ein und umfassten Prophylaxe, Diagnostik und Therapie. In die Verantwortlichkeit der Ärzte fiel darüber hinaus auch die Beurteilung des Entwicklungsstandes der Kinder und die Beratung der Eltern in allen gesundheitlichen, hygienischen und sozialen Fragen sowie die Sicherung der Durchführung der Schutzimpfungen der Kinder. Der Fortfall dieser umfassenden medizinischen Betreuung der Kinder in den Krippen nach der Vereinigung stellte viele Eltern vor Probleme, die es gewöhnt waren, in diesen Dingen nicht eigeninitiativ tätig werden zu müssen.«

Schon 1958 der erste »Leitfaden«

»Ähnlich wie in den alten Bundesländern existierte auch in der DDR am Beginn des Ausbaus der Krippen die Vorstellung, dass die Versorgung von Kleinstkindern keiner besonderen Qualifikation der Betreuungspersonen bedürfe und allenfalls Kinderkrankenschwestern zur gesundheitlichen Betreuung von erkrankten Kindern nötig seien. Demzufolge waren in den Anfangsjahren häufig unausgebildete Frauen in den Krippen tätig. 1958 wurde jedoch bereits der erste ›Leitfaden für die Erziehung in Krippen und Heimen‹ vorgelegt, der bis 1968 zu einem differenzierten, mehr als 400 Seiten starken Erziehungsprogramm erweitert wurde. […]

Der Ausbau der Krippen erforderte erhebliche Ausbildungsleistungen, so dass die Krippenerzieherinnen spätestens in den 80er Jahren nach den Krankenschwestern die größte Berufsgruppe unter den Mitarbeitern des Gesundheitswesens bildeten. 1989 waren ca. 75.000 Personen als Betreuungspersonal in Krippen tätig, mehr als 80 Prozent davon mit einer Fachschulausbildung, überwiegend als Krippenerzieherin, zum geringeren Teil als Kinderkrankenschwester, weitere zehn Prozent als Kinderpflegerinnen (mit einer Teilausbildung) und zehn Prozent ohne eine pädagogische Ausbildung.

Gegen Ende der 80er Jahre wurden an den insgesamt 39 medizinischen Fachschulen der DDR in einem dreijährigen Studiengang jährlich zwischen 2.000 und 2.500 Krippenerzieherinnen ausgebildet, wobei es offenbar zunehmend schwieriger wurde, geeignete Bewerberinnen für den Beruf in ausreichender Anzahl zu finden. […] Den praktischen Teil ihrer Ausbildung absolvierten die Krippenerzieherinnen in speziellen Ausbildungskrippen, in denen sie unter Anleitung und Aufsicht des dortigen Personals tätig waren.

[…] Als Fachzeitschriften, in denen regelmäßig Themen aus der Arbeit der Krippen behandelt wurden, konnten neben medizinischen Zeitschriften, wie ›Heilberufe‹, die Zeitschrift ›Neue Erziehung im Kindergarten‹ und seit 1987 das Informationsblatt ›Kinderkrippen‹ herangezogen werden. In Letzterem wurde insbesondere die Diskussion um die Einführung des neuen Erziehungsprogramms für die Krippen geführt.

Seit 1960 existierte in der DDR ein Bauprogramm für Kinderkrippen (und Kindergärten), über das in mehreren Wellen der Platzbedarf für die wachsende Anzahl von Einrichtungen teilweise gedeckt wurde. […] Für die Neubauten vorgeschrieben waren je Gruppe ein etwa gleichgroßer Gruppen- und Schlafraum mit einem zusätzlichen Sanitärbereich, einem Empfangsraum und ggf. einem Isolierzimmer für kranke Kinder. Die Räume sind mit ca. 5 qm pro Kind großzügig bemessen und übertreffen die Räumlichkeiten westdeutscher Krippen (mit Ausnahme der in jüngster Zeit entstandenen Einrichtungen) bei weitem. Ein Freigelände mit mindestens 16 qm/Kind gehörte zu jedem Krippenneubau.

Im ›Programm‹ wird ein ›Tagesregime‹ zur Pflicht gemacht und durch genau einzuhaltende Vorschriften der Hygiene- und Unfallschutzordnungen ergänzt, das die Erzieherin haftbar macht für das Erreichen bestimmter Ziele. […] Wie diese auszusehen haben, wird bis ins

Detail beschrieben: ›Sobald das Kind selbständig sitzen kann, wird es an den Tisch gesetzt; die Erzieherin setzt sich rechts neben das Kind, umfasst seine linke Schulter und hält seine linke Hand, lässt den kleinen Finger ihrer rechten Hand vom Kind umfassen, wenn sie den Löffel zum Mund des Kindes führt.‹ (Aufgaben der Erzieherin – Altersgruppe 6. bis 12. Lebensmonat, S. 25). Derartige detaillierte Handlungsanweisungen werden durch allgemeinere ergänzt: ›Körperpflege und Mahlzeiten müssen in einem ruhigen, harmonischen Ablauf gestaltet werden, den Kindern positive Erlebnisse verschaffen und zur Steigerung ihres Wohlbefindens beitragen.‹ (a. a. O., S. 25)

Die an verschiedenen Stellen des ›Programms‹ und der Krippenordnung angesprochene ›vertrauensvolle Zusammenarbeit mit den Eltern der Kinder‹ wird u.a. so präzisiert: ›Die Erzieherin muss die Eltern über den Tagesablauf in der Krippe informieren und darauf einwirken, dass insbesondere die Zeiten für den Schlaf und die Mahlzeiten auch am Wochenende, an den Feiertagen und im Urlaub eingehalten werden.‹ (a. a. O., S. 19)

Die hier aufscheinende Einflussnahme der Krippe auf die familiale Umgebung der Kinder findet eine vielfältige Erweiterung in einem allgemeinen, teilweise auch von den Eltern akzeptierten Anspruch auf ein durch ihre Fachlichkeit legitimiertes, wenn auch nicht legales Weisungsrecht der Erzieherinnen bzw. Leiterinnen gegenüber den Eltern. Aufträge der Erzieherin an die Eltern (›Moritz soll mal am Wochenende Hosenhochziehen üben!‹) waren nicht selten und ebenso andere Bemühungen, die Familie in die Realisierung der Ziele des Erziehungsprogramms einzubeziehen.«

»Imponierend«, gestand ich, »aber könnte der Leser nicht ermüden?«

Mein Freund beschwichtigte: »Das habe ich dir schon zu erklären versucht. Die zum Beispiel schreien: Doping! Wir antworten: Kein Doping! Dieses Udo-Lehrbuch umfasst 50 Druckseiten. Wer das schafft, wird an diesem Text nicht scheitern, zumal bei den meisten zum Lesen noch das Staunen kommen wird, dass in den Krippen nebenbei nicht nur Parteilehrjahr stattfand.«

Ich gab ihm recht, auch, weil er das Beispiel aus dem *Freitag* erwähnt hatte. Das begann mit dem Vorspann: »Wer weniger Kriminelle und Arbeitslose will, muss vor allem Kindern aus Problembezirken gute Kitas bieten.«

Er las mir zur Bekräftigung zwei Sätze aus der Rede des Bundespräsidenten Wulff vom 13. August vor: »›Mittel und Wege der Machtausübung in diesem Staat DDR waren verbrecherisch […] Besonders in den Schulen müssen wir der Verfestigung falscher Geschichtsbilder und purer Unkenntnis vorbeugen.‹ Und wenn uns der Bundespräsident auffordert, sollten wir gehorchen. Hier ist ein Kapitel, in dem wir einem falschen Geschichtsbild vorbeugen, nämlich dem der Kitas, von dem eine bundesdeutsche Spezialkommission schon 1993 feststellte, dass sie weltweit beispielhaft waren.«

Die Käsetorte war alle, aber wir hatten noch fünf Fragen in dem »Zeitzeugeninterview« auf Seite 40.

Mein Freund war zuversichtlich: »Frage 3: ›Welche Musik haben Sie in der DDR gehört? Auch Udo Lindenberg?‹ Da kann ich mich kurz fassen: Gerd Natschinski war mein Favorit, Frank Schöbel kam mit ›Wie ein Stern‹ danach und – wenn es erlaubt ist, den Namen zu nennen, dieweil er ja die Hymne der DDR komponiert hatte – Hanns Eisler. Udo? Tut mir leid.

Frage 4: ›Welche Erfahrungen hatten Sie mit den Behörden der DDR?‹ Knapp gesagt: gute und sehr schlechte, sehr gute und mäßige. Mäßige zum Beispiel mit unserer Bürgermeisterin, weil die nicht einsehen wollte, dass in meinem damaligen Wohnort Kleinmachnow ein Fischladen gebraucht wurde. Die schlimmsten kamen erst nach dem Mauerfall. Da stand eines Tages ein Münchner vor der Tür und behauptete, ein Sohn des Altbesitzers zu sein, der am Tag der Währungsreform 1948 ins nahe ›Westmark‹-Zehlendorf gezogen war und nach 43 Jahren seinen ›Besitz‹ zurückforderte – und ihn auch bekam. Allerdings nicht von einer DDR-Behörde.

Frage 5: ›Wie haben sie den Tag des Mauerfalls erlebt?‹ Antwort: Ahnungsvoll.

Frage 6: ›Eigene Fragen des Interviewers/der Interviewerin?‹ – Wann, glauben Sie, kommt der Tag, an dem man im ›Beitrittsland‹ haargenau so viel Stundenlohn wie im ›Siegerland‹ bekommt?‹

Frage 7: ›Wie beurteilen Sie aus heutiger Sicht die DDR?‹ Das ist eine knifflige Frage. Es bleiben nur zwei Möglichkeiten: ›Ente oder Trente‹! Deshalb habe ich mir etwas einfallen lassen. Heute ist eine Antwort ohne ›Mauer‹ nicht denkbar. ›Eingemauert‹, ›eingesperrt‹. Und kaum jemand bedenkt, dass dieses Land 13 Jahre lang ohne Mauer war. Wie wurde es da beurteilt? Die Schwadroneure plappern: ›Millionen rannten weg!‹««

Stimmen vor der Mauer

»Also habe ich ein 1969 erschienenes Buch herausgesucht, das Heinz Heitzer, ein renommierter Historiker, 1993 gestorben, ›Andere über uns‹ betitelt hatte und in dem er profilierte Urteile zum 10. Jahrestag der DDR – also 1959 – zusammengetragen hatte: Der Yankee Basil Davidson im *Daily Herald* vom 27. März 1956: ›In ganz Europa brechen die eisernen Schranken des Kalten Krieges zusammen, und hinter ihnen ist Neues zu sehen. Meine Beweise für diese Erkenntnis wurden auf einer Reise von 1.000 Meilen durch die Deutsche Demokratische Republik gesammelt, jenem östlichen Teil Deutschlands, wo Millionen Deutsche unter kommunistischer Führung eine andere Art Deutschland aufbauen ... Ostdeutschland, finde ich, ist keineswegs der Ort des Schauers und der Furcht, als den ihn manche unserer Verfechter des Kalten Krieges bezeichnet haben. Die Menschen haben im Gegenteil mehr Sicherheit, ihre Arbeit zu behalten, mehr gesellschaftlichen Wohlstand, weit bessere Erziehungsmöglichkeiten für sich und ihre Kinder und mehr Hoffnung in die Zukunft, als sie im Westen erwarten können. Ich konnte keinen ehemaligen Nazi in den leitenden Stellungen finden. Die alten Industriellen und Bankiers, die Hitler finanzierten, sind verschwunden und offensichtlich für immer. Das sind große Veränderungen. Sie werden bei der Regelung der deutschen Frage schwer ins Gewicht fallen.‹«

Die in Chicago erscheinende *Daily Herald* empfand nie Sympathie für den Kommunismus.

»Der lange die Bonner Politik propagierende Paul Sethe schrieb in der *Welt* vom 3. September 1956: ›Gewiss, man wird jenseits des Eisernen Vorhangs manchen finden, der sich die Wiedervereinigung so vorstellt, wie wir sie uns vor Jahren gedacht haben: einfach in der Form des Anschlusses. […] Aber ich weiß ganz sicher, dass es drüben auch zahlreiche Menschen gibt, für die manche Teile ihrer besonderen gesellschaftlichen Entwicklung selbstverständlich geworden sind. Wir sollten uns nicht einbilden, sie würden es nur jubelnd begrüßen, wenn sie dafür nun anderes bekämen, das sie nicht mehr verstehen. […] Mit noch viel größerem Recht wird man dies von den Bauern sagen müssen, die auf den aufgeteilten Rittergütern sitzen. 210.000 Neusiedler gibt es im Gebiet der Republik. Das sind mit Frauen und Kindern eine Million Menschen. Glaubt man im Ernst, sie könnten wünschen, der alte Zustand werde wiederhergestellt? Gewiss, hier im Westen trifft man von Zeit zu Zeit einen Flüchtling oder einen Besucher von einer Neusiedlerstelle, der einem sagt, am liebsten wäre er doch wieder Landarbeiter beim Herrn Baron. In Mecklenburg habe ich keinen getroffen. […]

Der Kommunismus hat das getan, was wir längst hätten tun sollen: Er hat das Bildungsmonopol des Geldes zerbrochen. […] So lasst uns auch das Bildungsmonopol zerbrechen, so lasst auch uns den Geist frei machen von der Herrschaft des Geldes, aber lasst uns dies in menschlicher Würde und mit dem Respekt vor ehrlicher Überzeugung tun. Der Westen hat die größeren ideellen Kräfte im Kampf der Geister einzusetzen, aber er muss es auch ganz wollen.‹

Der britische *Economist* schrieb am 12. April 1958 über die DDR: ›Die wirtschaftliche Verbesserung im Vergleich zu der Zeit vor drei oder vier Jahren springt ins Auge, wenn man das Straßenbild eines Dutzend Städte, wenn man die Kinder auf ihrem Schulweg, den Verkehr auf den Straßen, die Menschenmengen in den Cafes und Theatern betrachtet.‹

Die *New York Times* am 9. April 1959: ›Ostdeutschland macht auf industriellem Gebiet beunruhigend gute Fortschritte‹, erklärte der republikanische Abgeordnete Alvin M. Bentley nach seiner Rückkehr von einer Fahrt durch Ostdeutschland; er hatte eine stark beschleunigte industrielle Entwicklung festgestellt.‹

Im Pariser *L'Express* veröffentlichte Michel Bosquet im Mai und Juni 1959 seinen mehrteiligen Reisebericht über die DDR. Am 28. Mai schrieb er: ›Die Wirtschaft des siebenten Industrielandes der Welt auf Braunkohle, eine sehr junge und feinpulvrige Kohle mit geringem Heizwert, zu gründen, ist eine Leistung ohnegleichen. Deshalb kommen dreimal täglich ausländische Delegationen, um die Einrichtungen in Lauchhammer und in der Schwarzen Pumpe zu bewundern.‹

Der britische Journalist Anthony Rhodes im Organ der BBC *The Listener* am 15. Juni 1959: ›Man darf nicht annehmen, dass die Ostdeutschen eine Rückkehr zum Kapitalismus nach unserem Muster wünschen. Nachdem sie vierzehn Jahre eine Gesellschaft ohne Großgrundbesitzer und Industrielle gehabt haben, verabscheuen sie den Kapitalismus.‹

Die Wochenzeitung *Newsweek* am 19. Oktober 1959: ›Die Existenz eines separaten ostdeutschen Staates kann nicht länger verleugnet werden. Und er hat in der Tat einige materielle Leistungen vollbracht, die anzuerkennen sind. Ostdeutschland pflegte als deutscher Brotkorb betrachtet zu werden – oder, leichter gesagt, als sein Kartoffelkeller. Heute rangiert es als Industriemacht an 7. Stelle in der Welt … Mieten, Kohle und Kartoffeln sind billiger als in Westdeutschland.‹

Sydney Gruson, Chefreporter der *New York Times* am 12. Oktober 1959: ›Ostdeutschland nimmt an Bedeutung zu. Das Gesicht des Teiles von Deutschland, den die Kommunisten übernommen haben, wird in schnellem Tempo in ein Industrieland von bedeutendem Ausmaß umgewandelt.‹«

Eines Verlegers Entdeckungen

»Am 20. Oktober veröffentlichte die *New York Times* die Leserzuschrift von Desmond Flower zu Grusons Artikel. Flower war der Leiter eines britischen Verlags, der besonders durch die Herausgabe von Anthologien klassischer Dichter bekannt war.

Er schrieb: ›Gewähren Sie es einem britischen Besucher, in Ihren Spalten dem äußerst interessanten Beitrag über Ostdeutschland von Sydney Gruson, den Sie am 12. Oktober veröffentlichen, beizupflichten. Es ist der größte vernünftige und konstruktive Beitrag zu diesem Thema, den ich gesehen habe. Im Mai dieses Jahres waren meine Frau und ich ein paar Tage mit dem Wagen in Ostdeutschland, wobei wir in Berlin und Dresden Station machten. Ich kann die Äußerung Grusons voll bestätigen, dass der Lebensstandard ausreichend ist und ständig steigt. Man muss daran denken, dass der Teil Deutschlands, der jetzt die Ostzone bildet, stets überwiegend Agrarland war. Es kann kein Zweifel daran bestehen, dass das Leben tatsächlich sehr schwer gewesen sein muss, bis das Industrieprogramm ins Rollen kam.

Da es in diesem Lande überhaupt keine Industriekohle gibt, war die größte Leistung, der Wendepunkt, die Entdeckung der Methode, diese aus Braunkohle herzustellen, woran das Land reich ist – die Schwarze Pumpe. Jetzt, da die Industrialisierung im Gange ist, gehen die Lebenshaltungskosten zurück … Ich führe diese Punkte objektiv an, weil ich glaube, dass ein richtiges Verständnis der Lebensweise anderer Menschen ein wesentlicher

Auftakt zur Lösung politischer Probleme ist. Ohne ein solches Verständnis nimmt die internationale Politik den Aspekt eines Blinde-Kuh-Spiels im Weltmaßstab an.‹

Und noch ein letztes Beispiel dafür, wie man die DDR in Bonn und Umgebung schon vor über 40 Jahren beurteilte. Als Guineas Staatschef Sekou Toure die diplomatischen Beziehungen zur DDR aufnahm, widmete der ›Spiegel‹ dem Ereignis eine Titelgeschichte, die diesen Schritt etwa mit einem Erdbeben verglich. Herausgeber Augstein – unter dem Pseudonym Jens Daniel – gab allerdings zu bedenken: ›Dieser angeblich nicht existierende Staat, der siebtgrößte Maschinen-Produzent der Erde, hat nicht nur Guineas Bananen aufgekauft. Er unterhält handelsvertragliche Verbindungen mit 29 Ländern, Regierungsabkommen etwa mit Finnland, Indien, dem Irak und der Vereinigten Arabischen Republik. Er hat Banken-Abkommen mit Griechenland und Portugal und liefert demnächst 600 Traktoren nach Brasilien. Die Schweiz und Spanien sind die einzigen europäischen Länder, die ohne Handelsvereinbarungen mit der DDR und auf Einzel-Geschäfte angewiesen sind. Das ›Jahrbuch der DDR‹ verzeichnet nicht weniger als 264 internationale Organisationen, in denen die DDR mitarbeitet, von der Internationalen Vereinigung für Samenkontrolle in Dublin bis zur Union zum Schutz der Natur in Brüssel und zum Gehörlosen-Weltschachbund.

Sekou Touré will Hilfe von der DDR. Warum soll er, der autoritäre, marxistisch geschulte Revolutionär, sie dort nicht suchen und bekommen? Warum sollen wir sie ihm streitig machen, die wir doch aus guten Gründen nicht bereit sind, ihm in gleichem Umfang zu helfen?

Sollen unsere Wirtschaftler an jeden Punkt der Erde rasen, den östliche Wirtschafts-Strategie aufs Korn nimmt? Sollen wir alle faulen Bananen und Erdnüsse Afrikas aufkaufen, nur damit die üppigen Handelsvertretungen der DDR nicht in Botschaften verwandelt werden? Es wäre sicher immer noch geschickter und nützlicher, in Guinea Wirtschaftshilfe zu placieren, als in der Bundesrepublik Atom-Raketen zu hamstern; aber von solchen Erkenntnissen scheint die deutsche Hallstein-Diplomatie noch meilenweit entfernt. Wir können uns nicht von Ulbricht vorschreiben lassen, in welchem Bananen-Winkel wir unser Geld aus dem Fenster werfen. Solange es keine einheitliche westliche Wirtschafts-Strategie gibt – und vermutlich wird es die nie geben – haben wir unsere teuer verdienten D-Mark unter Völkern zu placieren, von denen wir uns politische oder wirtschaftliche Rendite erhoffen können. Wir sollten die dieses Jahr zur Selbständigkeit gelangenden jungen Staaten Afrikas nicht geradezu einladen, uns bei Meldung einer Anerkennung der DDR zu erpressen. Wenn Ulbricht auf Reisen geht, um mittels massiver Geldgeschenke die Anerkennung zu erkaufen, können wir bei diesem Geschäft nicht ständig hinterherjappen wie der Hase, dem irgendein sowjetzonaler Gewerkschafts-Igel sein ›Ich bin all da‹ entgegenruft.

Da die bundesrepublikanische Politik sich aus ihrer selbstgefertigten Mausefalle mit eigener Kraft nicht mehr befreien kann, muss sie […] hoffen, dass sie von außen überrannt wird. Die Bresche schlug Sekou Touré.‹«

Angekommen bei Wulff

Und mit all dem war Udo endgültig nach dem Staatsratsvorsitzenden beim Bundespräsidenten angelangt. Im Herbst 2010 fand die Begegnung statt, die der *Spiegel* zurückhaltend mit »Königstreffen« überschrieb. Also: Der Bundespräsident »steht im Bankettsaal des Schlosses Neuhardenberg, draußen in der Dunkelheit von Märkisch-Oderland wartet sein Helikopter. Es ist spät, der Präsident ist jetzt schon eine ganze Weile hier, viele Gäste sind bereits gegangen, aber er scheint keine Eile zu haben. Vor gut zwei Stunden betrat Christian Wulff protokollgemäß als Letzter die kleine Neuhardenbergische Schinkelkirche, wo Udo Lindenberg am Vorabend des Mauerfalljubiläums ein Konzert gab.«

Vom Staatsoberhaupt eingeladen, den Mauerfall zu besingen – höher geht's kaum!

»Wulff nahm in der dritten Reihe Platz, direkt neben dem Chef des deutschen Sparkassenverbandes, dem das Schloss gehört. Die vordere Hälfte der Kirche war vor allem mit Anzugträgern gefüllt, im hinteren Teil saßen die Udo-Fans.

Christian Wulff kam vorbei, weil er in seiner Antrittsrede als Präsident eine ›Bunte Republik Deutschland‹ eingefordert hatte. Weil das auch mal der Titel einer Langspielplatte von Udo Lindenberg war, entstand die Idee, die Könige von Deutschrock und Deutschland zusammenzuführen. Wulff würdigte Lindenberg als Musiker, als Kämpfer für deutsche Sprache und deutsche Einheit, Lindenberg warb für eine Panikakademie, Workshops mit osteuropäischen Bands, für Bürgersinn und ›Schmusedom‹ und erklärte: ›Christian, Sie sind ein junger Präsident, ich bin ein junger Sänger. Wir sind auf einem guten Weg.‹«

Auch Udo also auf dem Gipfel der Komplimente angelangt!

»Dann endlich Musik. Wulff stützte nachdenklich die Hand ans Kinn, als das Panikorchester die ersten Songs spielte. ›Cello‹, ›Mein Ding‹, ›Sonderzug‹, ›Was hat die Zeit mit uns gemacht‹. In den hinteren Reihen tanzten die ersten Frauen, aber Christian Wulff löste sich erst bei ›Andrea Doria‹ aus der Präsidentenstarre.

Nach der Show schritt Wulff die kleine, improvisierte Udo-Lindenberg-Ausstellung im Schloss ab, er schaute sich die Schalmei an, die Honecker seinerzeit an Lindenberg schickte, und studierte den Begleitbrief des Generalsekretärs …«

Das hatte man ihm gestattet? Hatten die Bodyguards den Text nicht vorher kontrolliert? Hätte er daran nicht schnellen Schritts vorübergehen müssen? Alexander Osang, den der *Spiegel* zum Schauplatz geschickt hatte, meldete jedenfalls »studierte den Begleitbrief«. Er hat ihn also nicht überflogen oder draufgesehen, nein: studiert!

Und das war der Brief: »Mit der Übersendung der Lederjacke haben Sie mir eine Überraschung bereitet, für die ich Ihnen danke. Natürlich ist das Äußere Geschmackssache, aber was die Jacke selbst betrifft, sie passt. Wenn ich es recht verstehe, ist sie ein Symbol rockiger Musik für ein sinnvolles Leben der Jugend ohne Krieg und Kriegsgefahr, ohne Ausbildungsmisere und

Arbeitslosigkeit, ohne Antikommunismus, Neofaschismus und Ausländerfeindlichkeit. Und wenn ich Ihre künstlerischen Absichten nicht missverstehe, so richten Sie sich in starkem Maße gegen Raketenwälder und SDI und plädieren für ein atomwaffenfreies Jahr 2000, für eine Koalition der Vernunft sowie die Einsicht, dass von deutschem Boden nie wieder Krieg, sondern nur noch Frieden ausgehen darf. Dieser Auffassung sind wir auch, und die Rockmusiker der DDR teilen in ihrer Aktion ›Rock für den Frieden‹ sowie bei vielen Auftritten hier und in aller Welt dieses politische und künstlerische Anliegen. Sie wissen ja aus eigenem Erleben, dass die DDR ein sehr jugend- und deshalb auch sehr rockfreundliches Land ist, und das nicht erst seit heute.

Als guter Kenner dieser Szene ist Ihnen sicher auch nicht unbekannt, dass bei uns 110 professionelle Rockbands und über 2.000 Amateurrockgruppen existieren. Sie spielen Woche für Woche vor Millionen Fans. Zu diesen Auftritten kommen zahlreiche Gastspiele ausländischer Gruppen.

Wie sollte man angesichts dieser Tatsache nicht unumwunden sagen: Ja, die Jacke passt. So erweist sich wieder einmal: Meldungen westlicher Medien über die DDR sind das eine, und die Realitäten in unserem Land das andere.

Die mir zugedachte Lederjacke werde ich dem Zentralrat der FDJ übergeben. Die Freunde finden sicher einen Weg, sie einem Rockfan zukommen zu lassen – vielleicht sogar über eine Solidaritätsaktion zugunsten der antiimperialistischen Solidarität. Ich bin sicher, dass das Ihre Zustimmung findet.

Nochmals herzlichen Dank. Für Ihre Arbeit wünsche ich Ihnen Erfolg und gutes Gelingen.

Übrigens, da Sie gelegentlich auf meine musikalische Vergangenheit zu sprechen kommen, schicke ich Ihnen eine Schalmei. Viel Spaß beim Üben.«

Diese Zeilen soll Wulff also »studiert« haben. Mit nicht allzu viel Erfolg, wie seine Reden danach zu erkennen gaben.

Der *Spiegel* ließ Osang weiter parlieren: »Er machte halt vorm Cover der Platte ›Götterhämmerung‹, dann stellten sich beide für ein Foto zusammen vor eines der Bilder, die der Rocker aus Likörfarben herstellt.

Udo Lindenberg saugte an einer Cohiba, er war der Einzige, der hier rauchen durfte. [...] Udo Lindenberg habe ihm ein Bild für sein Büro versprochen, sagt Wulff. Ein Bunte-Republik-Deutschland-Bild. Er ist ja durch seine Tochter auf das Programm ›Atlantic Affairs‹ aufmerksam gemacht worden, in dem Lindenberg Songs deutscher Exilanten wie Friedrich Hollaender, Kurt Weill und Marlene Dietrich gewissermaßen im Koffer aus Amerika zurück nach Deutschland bringt. ›Der Koffer ist ja eine wunderbare Metapher‹, sagt Wulff. Nicken.

Später wird ihm Wolfgang Kohlhaase vorgestellt, einer der größten deutschen Drehbuchautoren, der mit Konrad Wolf Filme wie ›Solo Sunny‹ und ›Ich war neunzehn‹ schuf. Wulff kennt ihn offenbar nicht, aber als er erfährt, dass Konrad der Bruder von Markus Wolf war, hält er einen kurzen Vortrag über das Wesen von Sicherheitsdiensten in der Diktatur. Kohlhaase blinzelt freundlich durch ihn hindurch.

›Man kann aus jeder Veranstaltung etwas mitnehmen‹, sagt Wulff und schnappt sich noch ein Häppchen vom Tablett.

Er lächelt. Der Helikopter wartet. ›Der Astronaut muss los, der Astronaut muss weiter‹, singt Udo Lindenberg in der letzten Zugabe seines Konzertes. Aber der Präsident, der Präsident, ist keiner, der mehr rennt.«

Noch einmal Honecker

Auch das Lehrbuch war fast abgeblättert. Aber da war noch ein Interview, das der Künstler zwei Herren von LISUM gegeben hatte.

Zum Beispiel: »Was können die Schülerinnen und Schüler aus dem Musical mitnehmen? Was können sie lernen?«

Eine gravierende Frage, denn das wäre ja wohl das Wichtigste für den »Ansprechpartner in Sachen Unterrichts-, Schul- und Personalentwicklung, sowie für die Medienbildung«. (Man wusste bislang nicht, dass auch die noch entwickelt werden müssen …)

Udo gibt umfassend Auskunft: »Sie lernen, dass es für Menschen unwürdig ist, wenn sie sich nicht von unten einmischen können oder wollen. Wenn die von oben dir erzählen, wie du zu leben hast. Keine Behörde und kein System kann Menschen ihr Leben vor-schreiben. Auch nicht autoritäre Lehrer. Man lernt, dass man sich vor jedem Individuum, wenn es nicht irgendwie grobe Scheiße baut, erst mal verneigen sollte und den Menschen leben lässt, wie er es für richtig hält. Niemand sollte pauschal sagen, Geschichte oder Politik ist langweilig. Es ist alles Geschichte und Politik. Ich kann jetzt meine Musik, meine Meinung, mein Leben feiern.«

Recht hat er, der Udo!

Denn: Er kann sein Leben feiern. Die unter den Brücken schlafen, finden das weniger feierlich. Und die sich jeden Tag in die Schlange vor den Tafeln drängeln müssen und darauf hoffen, dass die Marktketten genügend Abfall liefern, würden auch lieber mit Udo im »Atlantic« feiern!

Dann war da noch die Frage: »Manche Zuschauer aus der früheren DDR sagen, das Land würde im Musical zu klischeehaft gezeigt«, aber Udo weiß: »Wir wollten erst mal das Interesse wecken, sich mit so was zu beschäftigen, sonst sagen manche, das ist Geschichte, langweilig und vorbei.«

Womit zu beschäftigen? Mit dem Kapitel »Geschichte der DDR«? »Mitte der 80er Jahre war die DDR faktisch pleite. Städte und Fabriken waren marode.«

Was Udo nicht weiß oder wieder vergessen hat: Das Gesamtvermögen der DDR-Industrie betrug 600 Milliarden Mark. Bei der Vereinigung 1990 hatte die DDR Schulden in Höhe von 86,3 Milliarden Mark und die BRD 924 Milliarden. Damals betrug die Pro-Kopf-Verschuldung der DDR-Bürger 5.298 DM, heute liegt die aller Deutschen bei 47.820 DM. Aber offiziell ist niemand »pleite« oder »marode«!

Nachtrag zu einer Biografie

Natürlich stapeln sich noch Biografien über Udo. Eine, verfasst von Holger Zürch und 2009 in Leipzig erschienen, verwies mit besonderem Engagement darauf, dass jeglicher Nachdruck unter Strafe stünde. Blieb also nur, mitzuteilen, was man über Udo geschrieben hatte und zwischendurch mal einen Satz des Autors nach den Zitierregeln wiederzugeben. Erste Feststellung: »Die Menschen in der DDR sind für Udo Lindenberg stets wichtig geblieben. Das lässt sich rückblickend klar belegen.« Lindenberg sei, meinte der Autor, der einzige deutsche Sänger gewesen, der unablässig daran gesungen habe, die deutsche Teilung zu überwinden. Jemand soll ihn sogar gerühmt haben, die deutsche Einheit »herbeigesungen« zu haben. Na bitte! Da wäre doch ein weiteres Bundesverdienstkreuz fällig!

Danach suchte der Autor nach Udos Motiven für seinen beharrlichen Kampf, dessen Generalstab wohl mit im »Atlantic« einquartiert war. Und dann werden die schicksalhaften Begegnungen und seine charakterprägenden Erlebnisse wieder hervorgeholt. Wörtlich: »Eine dieser Schicksals-Stunden ist zweifellos Udos tief schürfende Begegnung mit dem Mädchen aus Ost-Berlin gewesen, das er später Manu nennt.«

Man stockt: »tief schürfend«? Und grübelt: Wer schürfte denn da wen oder wo? Und eilt danach weiter, denn solchen Künstler porträtierenden Autoren ist so gut wie alles erlaubt. Und wer das Grübeln nicht überwinden sollte, wird noch darauf hingewiesen: »Eine Begegnung, die so oder ähnlich zigtausendfach durchlebt und durchlitten wurde zwischen dem 13. August 1961 und dem 9. November 1989.«

Udo aber tat, wozu sonst niemand sich aufgerafft hatte: Er schürfte tief und schrieb danach ein Lied! Und dem gab er den Titel »Alles klar auf der Andrea Doria«, und wer sich das nicht antun will, kann hier mal sieben Zeilen zur Probe lesen:

»Und dann Paula aus St. Pauli
die sich immer auszieht
und Lola hat Geburtstag
und man trinkt drauf
dass sie wirklich mal so alt wird
wie sie jetzt schon aussieht.
Und überhaupt ist alles klar auf der Andrea Doria«

Was Udo nicht wissen konnte: Die echte »Andrea Doria« war Italiens luxuriösester Luxusliner, der am 25. Juli 1956 kurz vor New York mit der schwedischen »Stockholm« zusammengestoßen und gesunken war. Die Schweden wollten das Unglücksschiff loswerden, suchten verzweifelt nach einem Käufer, der das Schiff garantiert nicht als Konkurrent auf der Atlantik-Route einsetzen würde, und fanden nach langem Suchen den DDR-Gewerkschaftsbund, der die »Stockholm« in einen »Einklassen«-Liner umwandelte und viele Jahre Urlauber zu erschwinglichen Preisen an Bord nahm. Und just auf diesem Schiff hatte ich jenen Freund kennengelernt, der mir unlängst seine Antworten lieferte.

Wie man sieht und hört: Überall DDR!

Rasch noch ein Wort über den – laut Biografie – tieferen Sinn des »Andrea Doria«-Songs: »[…] macht den

Eisernen Vorhang beziehungsweise die betonkalte Mauer zum Thema und – vielleicht auch gewollt – damit zum Politikum.«

Nachdenken ist erlaubt!

Die Kapitelüberschrift lautete jedenfalls »Udo und die DDR«.

Was gäb's da sonst noch?

Wer bei der Frage zaudern sollte, erführe: Enormes! Der Autor teilt nämlich dem – möglicherweise verschreckten – Leser mit: »Was 1983 folgt, schlägt dem Fass den Boden aus – so jedenfalls das übereinstimmende Urteil in den Reihen der Staats- und Partei-Nomenklatura.«

Was im Telegrammstil heißt: Udo hat die Regierenden der DDR völlig aus dem Tritt gebracht. Nämlich: »Da kommt ein Sänger aus der BRD daher und verulkt aus egoistischen Motiven das Staatsoberhaupt der DDR. Hätte er doch wenigstens englisch gesungen wie in seinen Anfangszeiten! Doch nein, so verstehen alle Leute Lindenbergs Text Wort für Wort, brauchen eine Weile, um diese Unerhörtheit zu begreifen – und sind entweder amüsiert oder wutschäumend und machtlos.«

Und damit niemand glaubt, es war eine Übertreibung zu behaupten, der Mann aus dem »Atlantic«-Dom habe den Politniks der DDR Angst und Schrecken eingejagt, erfährt man: »Für Udo dürfte es zum ersten Mal gut gewesen sein, dass die Mauer Deutschland teilt: So ist er in Sicherheit vor dem Zugriff der alles andere als zimperlichen DDR-Politbonzen. Und da die Radio-Wellen den Gesetzen der Physik folgen und somit leider nicht an der DDR-Grenze zu stoppen sind, müssen diese ohnmächtig erleben, wie dieses freche Lied die Jugendlichen in der DDR fasziniert. Spätestens zu diesem Zeitpunkt hat Udo sich neben vielen neuen Freunden auch etliche Erz-Feinde gemacht, die ihm diese ›Majestäts-Beleidigung‹ mit kommunistischer Humorlosigkeit bis zum letzten Atemzug nachtragen.«

Udo und auch alle anderen irrten. Das Lied hatte in der DDR keine Staumauern einstürzen lassen, es fand kaum Anhänger!

Zugegeben, es gibt da im Strafgesetzbuch der BRD die §§ 187a-194 StGB 1 § 187a, die da lauten: »Wird gegen eine im politischen Leben des Volkes stehende Person öffentlich, in einer Versammlung oder durch Verbreiten von Schriften (§ 11 Abs. 3) eine üble Nachrede aus Beweggründen begangen, die mit der Stellung des Beleidigten im öffentlichen Leben zusammenhängen, so ist die Strafe Freiheitsstrafe von drei Monaten bis zu fünf Jahren.« Aber niemand käme auf die Idee, solche Straftat ausgerechnet im Hinblick auf Honecker zu verfolgen.

Doch es reichte dem Autor keineswegs, dass Udo dem DDR-Fass den Boden ausgeschlagen hatte. Vermutlich hatten Herr Gauck oder Frau Birthler oder der nun endgültig für Ordnung sorgende Herr Jahn ihm Akten geliefert, die verraten, was sich tatsächlich in Berlin zugetragen hatte, als Udo seinen einzigen Auftritt hatte. Das soll die blanke Wahrheit sein: »Das Unvorstellbare ereignet sich 1983, in einer politisch hoch aufgeheizten Zeit zwischen Ost und West wegen beidseitiger atomarer Aufrüstung: Beim Berliner Festival ›Rock für den Frieden‹ ist Udo Lindenberg dabei. Dank des gewieften Konzert-Managers Fritz Rau gibt es Harry Belafonte damals nur im Doppel-Pack mit Udo. Das DDR-Fernsehen überträgt die Veranstaltung um eine Stunde zeitversetzt, doch offenbar sind die Zensoren zerstritten.«

Das wusste bislang noch niemand: Udo sang und die »Zensoren« stritten sich eine ganze Stunde. Und dann müssen sich die »Weicheier« durchgesetzt haben, denn »die folgenden Worte von Udo gehen tatsächlich über den Sender: ›Weg mit allem Raketenschrott – in der Bundesrepublik und in der DDR! Nirgendwo wollen wir auch nur eine einzige Rakete sehen, keine Pershings und keine SS 20!‹«

Und dann wurde behauptet: »Ein ganzes Land ist sprachlos ob dieser Botschaft, Udo hat sich wieder einmal seinen Schneid nicht abkaufen lassen. […] Was folgt, war sachlich betrachtet absehbar: Die Polit-Hardliner in der DDR gewinnen die Oberhand, laden Udo kurzerhand aus: Die ihm zugesagte DDR-Tournee platzt.«

Weil er gegen die Raketen in der DDR war? Wie hätte er auch aus der *Bild*-Zeitung erfahren sollen, was Erich Honecker Helmut Kohl am 19. Dezember 1983 am Telefon gesagt hatte: »Wir sind für das Einfrieren aller Rüstungen auf nuklearem Gebiet. Den Stopp und die Zurücknahme der Stationierung der USA-Erstschlagwaffen, um wieder Verhandlungen zu ermöglichen, den vertraglich vereinbarten Verzicht auf die Erstanwendung von nuklearen und konventionellen Waffen, die Bildung atomwaffenfreier Zonen, für den schwedischen Vorschlag, eine von atomaren Gefechtsfeldwaffen freie Zone in Europa zu schaffen. Bekanntlich haben wir hierzu unsere Bereitschaft erklärt, das ganze Territorium der DDR zur Verfügung zu stellen.«

Somit bleibt das, was Udo auf dem Album »Götterhämmerung« besingt, ein Wunschtraum. Zumindest für die nächsten fünf Jahre – doch das konnte damals niemand ahnen.

Und dann das Finale: »Die Ereignisse 1989 und 1990 haben den selbst ernannten ›ersten deutschen Arbeiter- und-Bauern-Staat‹ zur Fußnote der Geschichte werden lassen – glücklicherweise.«

Was singen wir zum Schluss?

Den »Sonderzug nach Pankow« (Text: Mack Gordon, Harry Warren, Subtext: Udo Lindenberg, Musik: Mack Gordon, Harry Warren)

Entschuldigen Sie, ist das der Sonderzug nach Pankow?
Ich muss mal eben dahin,
mal eben nach Ost-Berlin.
Ich muss da was klären mit eurem Oberindianer.
Ich bin ein Jodeltalent,
und ich will da spielen mit 'ner Band.

Ich hab 'n Fläschchen Cognac mit
und der schmeckt sehr lecker
den schlürf' ich dann ganz locker
mit dem Erich Honecker
und ich sag: Ey, Honey,
ich sing' für wenig Money
im Republik-Palast,
wenn ihr mich lasst.

All die ganzen Schlageraffen dürfen da singen
dürfen ihren ganzen Schrott zum Vortrage bringen
nur der kleine Udo, nur der kleine Udo,
der darf das nicht – und das verstehn wir nicht.

Ich weiß genau, ich habe furchtbar viele Freunde
in der DDR
und stündlich werden es mehr.

*Och, Erich, ey, bist du denn wirklich so ein sturer Schrat
warum lässt du mich nicht singen im Arbeiter-
und Bauernstaat?*

*Ich hab 'n Fläschchen Cognac mit
und der schmeckt sehr lecker. ...
Honey, ich glaub',
du bist doch eigentlich auch ganz locker
ich weiß, tief in dir drin bist du eigentlich auch 'n Rocker
Du ziehst dir doch heimlich auch gerne mal die Lederjacke an
und schließt Dich ein auf'm Klo
und hörst West-Radio ...«*

Wer es nicht wissen sollte: Den »Republik-Palast« haben sie abgerissen. Scharen von Künstlern wandten sich dagegen, kamen, protestierten, sangen gegen den Abriss.

Udo war nicht unter ihnen.

Möglicherweise sang er gerade vergnügt »Alles klar auf der Andrea Doria«.